怪物之鄉

◉邱常婷／著

聯合文叢
603

目錄

【推薦序】

故鄉與怪物都是會長大的
——關於邱常婷的《怪物之鄉》

吳明益／國立東華大學華文系教授

開始在大學研究所開設創作課程後，我的痛苦與快樂隨之並生。痛苦的是得跟學生討論許多我仍不甚清明的概念：諸如什麼是小說？或是文學生成的意義？你的文學觀和我的有什麼不同？有時候還要面對學生提出的，難以回答的問題，比方說：「老師你看我是不是有寫作的天份？」快樂的是無論是多遙遠的航程，只要路途能見所未見，總是讓人感到興奮與激動。

小說裡很重要的主體是人，這點或許可被顛覆，卻無法否決。但做為一個四十幾歲的寫作者，對人的認知，肯定是和二十幾歲的寫作者有很大不同的。我們看了較多人的歧異（甚至是同一個人的歧異）、多面與深沉，因此此刻對何以為「人」更迷惘了。

作家唐諾曾在不同的地方反覆提過一段來自柏拉圖《斐德羅篇》（Phaedrus）的故

事：據說蘇格拉底和斐德羅兩人散步到傳說中北風神帶走奧瑞泰雅的河崖旁，斐德羅問：「如果奧瑞泰雅不是在這裡被北風神帶走的，你還會相信這個故事是真的嗎？」

蘇格拉底說，信與不信對他而言並不構成困擾，他可以找到看起來合情合理的解釋，比方說，奧瑞泰雅是在這河邊的岩石上玩耍，不小心被強烈的北風吹下石崖摔死或淹死的，是傳說扭曲了這個故事。但這樣的解釋雖然能巧妙解釋了神奇的傳說，卻不是他所欣羨的，因為如此一來，我們也將被迫對每一個傳說都提出一套素樸的，合乎邏輯的可能解釋。（想想那些半人馬怪獸、吐火的怪物，以及蛇髮女妖或飛馬等等）。蘇格拉底說，他直到目前為止，都還沒辦法做到「認識我自己」，因此，在還沒真正認識自己之前，花時間去研究不相干的事物，對他來說是很荒謬的。蘇格拉底說自己真正感興趣的是：

身為一個人，究竟是比百頭巨人更複雜更狂暴的一種怪物？還是更溫和更單純的生物？

常婷出現在我的課堂上時，總是顯得安靜、不擅言語，但可以感受到她在聆聽、在思考。後來我才知道，由於過去的寫作偏向類型文學，常婷因而得花一些時間來調整節奏。

在一堂名為「創作論」的課堂期末，常婷寫了一段話來談論自己的創作觀。她說她很著迷於希臘神話裡亞麗雅德（Ariadne）的故事，她是酒神的妻子，也是教導提休斯如何從克里特迷宮中逃脫的女子。文中常婷也提到當年最受注目的一部電影《全面啟動》（Inception），裡面的女主角正是叫亞麗雅德。

常婷說這部電影「好像把創作以具象化的方式呈現在觀眾面前。」劇中每個角色分別代表創作的幾個要點：盜夢領隊柯柏（Cobb）是創作的核心思想，偽裝者伊姆斯（Eames）是角色人物的塑造，前哨亞瑟（Arthur）也許類似負責監督作品邏輯的理性，而亞麗雅德就是建構所有作品細節的造夢師……至於藥劑師尤瑟夫（Yusuf），則是象徵「如何讓自己維持在寫作／入夢的狀態」的因子。她說，創作就像柯柏在亞麗雅德第一次體驗到「入夢／造夢」的經驗受驚嚇離開時說的：「她會回來的，她無法忘記創造一個世界的美好滋味。」

身為年輕小說家的常婷，或許就期待自己是那個「亞麗雅德」。（複義的，既是迷宮的指引人，也是造迷宮者；是被嚇走的那個，也是又回頭投入的那個。）

在台灣三十五歲以下的年輕小說家作品裡，近年漸漸產生了一種回歸土地、成長經驗與在地信仰的傾向。這種傾向與其說是「新鄉土」，不如說是回到「經驗層面」的合理書寫趨勢。曾經有過那麼一段時間，許多作者往內挖掘，以為自己身體裡就擁有一個無盡的黑洞與宇宙（事實上有些人確實做到了），但更多時候，你會發現，自己身體裡可探尋的不過真的就只是一間房間。

記得常婷跟我提到她的太麻里故事時（那應該是我讀到她第一篇小說的時候），我建議她更主動地聆聽故事、認識他人。常婷在上課以外的時間參與了排灣族、阿美族的祭典，訪問獵人、獵犬訓養者、農民、耆老，甚至是地方上的公務人員。她甚至隨著獵人上山，體驗狩獵。每隔一段時間我看到常婷，就發現她短髮遮蓋下的眼神變得更加深邃、皮膚更接近山林一些。

充實這間房間的一個途徑是耕作，此外便是外出採集，或者狩獵。我是這麼想的。常婷當然也是一個勤懇的讀者，她廣泛地閱讀了課堂裡介紹的書，並且著迷於觀看電影及其他。這兩向經驗逐漸養育常婷，讓她變成一個不只倚靠向內挖掘，暴露房間的寫作者。

我也知道，常婷能否成為一個獨特寫作者還得仰賴其它。我第一次讀到這分書稿時它還被稱為《螢寶記》，而今在你手上的《怪物之鄉》，常婷的文字有了一種跨越性別、族群的氣質，讓我幾乎找不到適當的比擬對象。即使部分模仿痕跡尚顯，但我可以肯定地說，她在新一輩的寫作者裡，已因為太麻里這個「太陽照耀的肥沃土地」，樹立起自己的一面旗幟。

《怪物之鄉》的人物包括了獵人、農夫、山老鼠、走船的船員、喪子的醫生父親、離去的代課老師……，背後的大故事隱涵了部落的黃金河傳說、炮炸寒單爺、暑熱病的夏天，以及總是來來去去的颱風與洪水。輯一和輯二把這個故事聯繫起來，一個是孩子的目光所見的世界，一個是孩子長成大人後，回首的世界。這些故事就像小說裡的啞巴公主一樣，既不屬於孩子那邊，也不屬於大人那邊。它是時間之流裡，每個人站在純真與世俗界線上的短暫時光。

我特別喜歡常婷對「含有情感的細節描述」，像〈山鬼〉裡的這段：「我回頭收拾父親與我的房間，農舍極小，水泥糊的地面沾滿泥巴鞋印，從我有記憶以來一直是我、父親、母親睡在同一張床上，即便我成年也不曾改變。說來怪誕，初中第一次上健康教育課後，我回家總故意裝睡，渴望聽見父親與母親狎暱的動靜，卻是從未有過，父親與母親忙完農事，有時甚至不加梳洗，直接帶著濕泥與嫩綠的細葉並肩躺下，只需片刻，我再睜開眼時他們已酣然入睡，我甚至還記得當時年幼的自己在黑暗中睜開眼，看見父親母親並排入睡的僵直身軀，竟感到一絲古怪的雀躍。父親母親於黑暗裡吐出的氣息，對山的體溫而言太過炙熱，因此我看見的是一小團懸浮於他們鼻端的白霧，在夜間的月光下時濃時淡，而我誤解於自己的出生彷彿也是他們吁出的團團白霧，我感到自己如稍縱即逝的它們一般純潔、白淨。」

也喜歡她偶爾引入魔幻的元素，比方〈尋金記〉最後「小偷與搶匪」的故事，被追捕的末路，他們在溪裡漂流木「浮沉的年歲上跳躍」。

常婷的作品揉合了泥土的沉重與生命力、雲朵的輕盈。並不是已臻穩定（我總覺得部分的修辭還可以再精簡點、多餘的譬喻可以再少些、對話可以再精準些、故事可以再俐落些……），而是它具有「誠實」、「紮實」的特質。時間是小說家的敵手，也是小說家的血肉與源泉。只有紮實地透過一篇一篇小說的寫作，磨礪出自己的風格。

《怪物之鄉》讓我比較猶疑的是第三輯的幾篇作品，它更像是一個年輕作者，對自己寫作信念的猶疑、質詢和不明所以的寂寞感。反覆閱讀幾次後，我才有些微理解，也許那就是跳在「年歲之上」的常婷。童年時候認為的巨大怪物，或許長大會發現，不過是矮小的侏儒與樹影而已。但卻會發現真正怪物生長的地方不是森林、海洋與無邊無際讓人絕望的沙漠，而是心。

《斐德羅篇》是一部討論靈魂與美的作品，柏拉圖說靈魂的本性就像兩匹馬，一為良駒（good steed）、一為劣馬（evil steed）。車夫的工作是駕御牠們，追隨神祇到達理念的境界。年輕（或寫作之初）時不甚明白這一點，以為旅程是直線的，後來才知道人類所有一切互不諒解、痴心，自以為是的悲憫，乃至於猶疑、憤怒、與寂寞感，都有其存在的意義。沒有拉扯，理念是不會產生的。

更重要的是旅程。怪物是會長大的，故鄉也會長大。我們以為馬蹄所到之處已探究了心底的某個小鎮，到頭來發現小鎮已比我們出發之初，要大了好幾倍。你要完成的不是到達彼端，而是把那條路線盡可能地拉長、拉大。

在東華大學開設創作課程之始，就明白了一個事實，那就是我會不斷地遇到過去的自己。去年我在臉書上，提到自己曾有一段漫長的、稿件被拒絕的時間。那時的我和台下的學生一樣，感到被世界遺忘在一個孤獨的小島寫作過。那裡只有千篇一律的海浪與潮汐，沙灘上只有自己的腳印。

我原本預計徘徊在那個時光會更長一些的常婷，獲得獎助與編輯的慧眼，在此刻得以出版《怪物之鄉》，讓我為她感到欣慰。因為讀者，因此得以早一些認識一個具有才華、默默寫作，在小說裡試著建立一個夢裡城鎮的年輕作者。我們可以期待那裡的海灘、城鎮與怪物，在未來不斷長大。

【推薦序】

故事，無可救藥的瘟疫

許子漢／國立東華大學華文系副教授

常婷總讓我想起《山鬼》，眼神慧黠而略帶羞怯，時時閃動著熱情與靈光。彷彿一個全然無知的孩子，或一隻從林中無意間走失的幼獸，好奇的窺探這個過度「人化」的世界，再用天地洪荒、源自遠古的想像，重新組構了她自己的世界，用語文反芻，便成為一篇篇故事。

人都愛故事，也愛說故事，但說故事是種特有的能力，只有很少的人可以說好故事。我任教的華文系，碩士班有創作組，組裡有許多想要學習說故事，或覺得自己對說故事有能力、有興趣的同學，而常婷可能是這幾年來，我見到最會說故事的學生。還記得金庸《大漠英雄傳》裡周伯通對郭靖說故事，郭靖太木楞了，不知道要給說故事的人最需要的回饋—不斷問，「然後呢？」周伯通還要不斷提醒郭靖這位日後的大俠。我們都不木楞，所以如果看了一個故事，不想問「然後呢？」說故事的人就要反躬自省了。

第一次看到常婷的小說，我的心裡就想，「終於，會說故事的來了！」我們不必強打精神，呵欠連連，卻又無比世故的問，「然後呢？」

但除了問「然後呢？」，常婷的小說在故事最基本的吸引力之外，又有更大的一種誘惑存在著。每次讀常婷的小說，我都會好奇，那故事裡的世界是怎樣的一個世界，有多少故事還在那個世界裡遊走著，等待常婷那天興致一來，靈手一捉，放入一個籠子，一個框框，展示給我們看。這有點像……對，逛動物園！

這可能是個有點嚇人的比喻，但應該頗為傳神。如果第一次逛動物園，我們其實永遠不知道下一個籠子會有什麼動物，但不管出現什麼動物，我們總是驚艷讚歎，卻從不質疑，為什麼老虎和大象會在隔壁？鴯　和斑馬是不是應該離得更遠一些？雖然大部份動物園的動物位置是有邏輯的，但遊客從不需要了解這個邏輯，這個邏輯對遊客的觀看也意義不大。常婷的故事沒有太多的懸疑，我們不必常問「然後呢？」，但你依舊會像孩子看動物園一樣的，一路「噢」、「哇」、「啊」的在心裡呼叫個不停，所以，只管看就對了。

有些小說的故事邏輯很清楚，你很容易知道，該在那裡問「然後呢」，這種邏輯我們如果叫它「外在邏輯」那推理小說或歷史小說就是最明顯，外在邏輯清楚的小說類型。它們的故事都有很強的因果關係，而且充滿了懸疑。所不同者，推理小說是完全憑空架構出來，刻意挑戰我們外在邏輯敏感度的小說，我們一定斤斤計較於推理小說的「合理性」和懸疑性。歷史小說則是以既有的事件為依歸，不容我們挑戰其事件因果關係的小說，比如我們不能說如果當年孔明如何如何，司馬懿就不能怎樣怎樣了，因為歷史的因果已定，歷史小說家巧妙的在事件因果、歷史結局的限定中，展現其說故事的技巧，所以你在乎的反而是，作者有沒有為了給我們驚奇，而脫離歷史胡謅一通。

另有一種小說，其實你可能從不知道它要告訴我們的結局是什麼，因為作者從不暗示，或者你雖知道會有結局，但不太在乎這結局怎麼發生。故事的因果合不合理，事件是否前後呼應，有沒有（外在）邏輯，是不太重要的（當然也不能說完全不重要）。就像看動物園，你不會在乎動物的關係、順序，也不在乎最後會看到那一隻動物，你就是看得很有趣。

你被故事本身的美好吸引，故事不斷開啟你的想像與感受，每一部份的開展，沒有外在的邏輯可以依循，但你覺得和故事的其他部份無比和諧。或者可說，這些故事建立自己的邏輯，而不是依照邏輯來發展故事，我們或可稱之為「內在」或「本質邏輯」。就像服用了某種迷幻藥，你甘心受騙於幻覺的美好，不在乎其他枝節。

從類型說，意識流小說、魔幻寫實的小說可能都接近於這樣的「本質邏輯」，而我想，真正偉大的小說都或多或少具有這樣的特點。外在邏輯的小說走向結局的過程是封閉的，你每多知道一點，整個故事就少了一點，知道結局，故事就結束了。本質邏輯的小說是開放的，你每多讀一點，就聯想或猜測更多故事未說的部份，即使看到了結局，你還覺得故事好像沒有結束，有什麼東西迴盪不去。

好看的故事就是這樣，讀者會忘記要思考邏輯的問題，看，就對了。然後珍禽異獸一隻隻展現眼前，又始終好奇，下一隻動物是什麼？享受很單純的觀看（閱讀）的快樂。

常婷的小說似乎也具備了這樣的特質，當然距離一位成熟的小說家，還有路要走。但同時揉合了奇特的想像和厚實的田野功課，強力的支撐了她對鄉土的深厚情感。她的故事裡讓你曬到陽光、吹到焚風，無盡的海、山、原野，還有如精靈般，在鄉野成長蹦跳的孩子，又機伶、又愚笨，所言所行，無所謂善亦無所謂惡，就是他們自己。她的作品讓妳對台灣最偏遠的土地—台東，充滿了想像，那是一個極野、極真、又極幻的國度。

常婷就是用這樣的筆法，呈現了一個迷人的世界，我們同時看到了生命與死亡、天真與滄桑、美麗與醜惡、溫暖與悲涼，真實與奇幻共存，很「野」的世界，野得神秘又可愛。

《巴布的怪物》、《怪物之鄉》、《八月的鬼》等篇都是在學期間即已著手進行的作品，當時閱讀初稿，就印象深刻。後來陸續又創作了《尋金記》、《貨車男孩》、《山鬼》……等篇。我印象最深的作品是《八月的鬼》。正如篇中所言，所有的孩子在暑假都患上了熱病：

儘管如此，患上暑熱症依然變成孩子之中的一種流行，沒患上的人渴望患上，已患上的則攜手加入一場浩大的幻想，他們的想像於焉連結了，值得做一個更大的夢。

是的，我們對故事、幻想的渴望是一種流行、一種病，一種「暑熱症」，彷彿胎裡帶來的熱毒，在夏天必然發作。想像還會連結，故事會彼此串通，這是無法解決的原始衝動，更像一場無可救藥的瘟疫。誰叫我們是「人」，天生愛問「然後呢？」

而常婷其他的作品都像是這些孩子熱昏頭的幻想，可以彼此串連，變成一個更大的夢。所以，你讀得越多，就會覺得有更多未說出來的故事，在胎孕中蠢動著。

常婷是我指導的研究生裡，第一位以創作取得學位的，恐怕也會是僅有的一位。當時她堅定的希望成為我的指導學生，讓我頗為訝異，因為系上同仁可以指導小說創作的所在多有。但常婷的堅定與獨特氣質，讓我不願拒絕這個緣分，還有可以先睹為快其創作的特權。三年的在學期間，我也發現，其實寫作能力只是她諸多優點之一，當然，可能是很重要的一點，更令我慶幸當時沒有拒絕這個學生。

當年我在大學就讀時，文選老師賞識我的作品，在我的文章上曾批有數語贈勉，我卻辜負師恩美意，沒有朝創作的路走，今將此數語轉贈常婷，那是泰戈爾《漂鳥集》的詩句：

儘管往前走吧，別顧著採摘鮮花，因為花朵會一路盛開在你的前頭。

我相信常婷不會像我一樣，再度辜負了這幾句祝福。

感謝聯合文學為常婷出版這本小說集，自瘂公以來，聯合文學提拔文壇新秀即不遺餘力，而且眼光獨具。我想，這次的選擇，當亦不差。

年輕如常婷，卻已經看到對一位寫作者而言，很重要的東西—風格。這風格是什麼？我想可以用《八月的鬼》裡面形容孩子的幻想所寫的話：

充滿他們獨有的天真殘忍，同時也美麗得不可思議。

來做註腳。正是「無所謂善亦無所謂惡」，「極野又極真」。到底有多好看？別問了，看，就對了。

I

怪物之鄉

尋金記

1

小女孩子初次和老人上山，到他們位於山脊、鐵路之上的農園，那是一片傾斜的土地，傾斜的角度好似要將整座山傾倒至東方蒼白的海浪裡。這樣，老人第一次向小女孩子、他的孫女展示農園。一座鐵皮搭成的工寮，有一扇沉重的鐵門用於保護昂貴的農藥車和其他機器，荖葉園緊挨著工寮，旁邊成堆的塑膠籃裡裝著生鏽的香蕉刀和鋸子，以及一雙又一雙佈滿泥濘的橡膠雨鞋。這時是冬天，荖葉園一個月採收一次，價格已經漲到了一斤三百多塊，老人不牽著小女孩子的手，而是按著她的頭頂領她走進，於是，她安靜地凝視了被麻布圍聚的荖葉園裡那不可思議的情景。

延展在她兩邊的荖葉樹綠意森然，無限延伸，老人拾起一片葉面曲起的荖葉說：

「這是給蟲蛀了，還是嫩葉的時候，就這樣了。」他的嗓音粗嘎陌生，如一陣北風。

荖葉園中的荖葉容易辨識，除了荖葉以外的其他植物連同昆蟲均已成為枯黃乾癟的形貌，一隻萎縮發黑的螳螂緊緊依偎在翠綠的荖葉枝上，小女孩子趁老人不注意悄悄將死去螳螂的屍身抓住，塞進口袋裡。

他們穿過荖葉園，走進放眼望去枯枝槎枒的番荔枝園，三日前請來的工人剛剪了半片園的枝，要再過一陣子樹枝才會發出新綠的芽，如今看來，園子便有了末日荒蕪的顏色。番荔枝園被劃分為幾個區塊，分別種植了土種番荔枝、冷子番荔枝和數量最多的大目種，另有一塊新闢的土地，在逐漸沒入黃昏的地平線上隱約可見。老人帶小女孩子去看。

不久之前，老人的一個朋友送了幾株番荔枝的改良種給他，那種番荔枝據言名為螢寶，改良自冷子番荔枝品種，擁有較為尖刺的鱗目以及銀色溝鞘，種出的釋迦外皮晶瑩碧綠，居然能從外面直接看見裡頭淨白果肉如積雪般漸漸豐盈的景象。彼時那塊土地上的螢寶番荔枝樹仍瘦削幼小，老人指給小女孩子看，山壁的陰影下那棵番荔枝樹看起來與其他樹沒有不同，也剛剪過枝，死寂得彷彿不可能存活。

崖下火車經過帶來劇烈的轟隆聲，夜晚前最後一隻山雀發出鳴叫。

小女孩子來到山上以後，經常想起山下的樂趣。她與早夭的弟弟手牽手走過太麻里街道，前往國小操場的露天電影放映會，國小學生不多，過去這兒的居民讓孩子們就讀市區國中、高中，直到後來，索性連國小也到市區唸，小女孩子曾經見過一輛行駛於清晨的交通車，裡頭滿載沉睡於夢境、雙眼緊閉的孩童，他們在交通車裡隨著車行晃動搖來搖去，她和弟弟都慶幸自己不是其中之一。

小女孩子已經記不得當時究竟為什麼會有露天電影可看，也許是市區電影院的宣傳活動或者鄉代表為當地居民謀求的福利，小女孩子只記得那天播放的是一部外國西部電影，爸爸是這麼說的，有槍和牛仔，小女孩子並不理解，直到和弟弟一同看了電影，它描述一個好人和一個醜八怪在荒野中尋找黃金，同時有另一個壞人在追逐他們。小女孩子居住地附近確實有塊叫做荒野的土地，還有另一處在舊時充滿野鹿的荒地，後來也引申出了特別的地名。於是，小女孩子一直以為電影中的故事就發生在太麻里隔壁，也一直覺得她爺爺長得和電影中的好人神槍手有些相似。

小女孩子為黑暗中發亮的屏幕與聲光著迷，那名長得像爺爺、滿臉鬍渣的男人在沙漠裡即將乾渴而死的時候，小女孩子抓緊了弟弟的手，她真的應該好好抓住弟弟的手，他們看完電影的隔天，弟弟便因先天性心臟病死去了。

弟弟死去以後，小女孩子沒有再看過電影，國小操場也再沒播放過任何影片，紅土操場總在黑夜裡吹起風沙，陰影中深紅的風暴宛如建築本身的幽靈。因為弟弟在隔天死去了，小女孩子將一直記得這部電影。她偷偷想過假如弟弟仍活著，他們會一起爭奪在遊戲裡扮演好人的角色，而另一個人勢必得扮演壞人，畢竟誰都不願扮演醜八怪。

當家裡最終只剩下小女孩子，她被爺爺帶回老厝，和奶奶一同生活。但老人並不喜歡回家，他在山上有一片農園，種植番荔枝、茗葉和零星木瓜、椰子與香蕉，老人便長時間待在山上照料果樹。後來基於某些原因，老人決定帶小女孩子上山。

山上是比山下更加安全平穩的世界。老人這麼說。

小地方剛進入冬季，日照時間變得畏縮短小，山下幾座番荔枝園在夜晚自動點亮採照燈以延長果實的採收期，老人與小女孩子在山上忙了一天，老人爬上長梯割下串串生綠的香蕉，幾朵熟萎醜陋的香蕉花收盡最後一束細蕊，即將轉變成下一串果實。小女孩子整日跑山，記錄所有微紅木瓜的位置，她跑動時後腦勺兩條細細的髮辮上下彈跳，令老人所豢養的狗興奮地狂吠不已，那隻狗叫做樂透，與小女孩子維持一定的距離，一面跟隨一面遠離似地旋轉，令人頭暈目眩。

老人把香蕉串蓋上布等待悶熟的動作讓小女孩子想起了弟弟，小女孩子並不喜歡香蕉，香蕉是黃色的，就和老人得病後找上他的黃色一樣，他的眼白和皮膚變得暗沉汙黃，那濃厚的黃色甚至瀰漫在空氣中形成一股氣味，密實地包裹他的家。一股陳舊的惡臭，許是肉體過期的陳腐，小女孩子曾想黃色的味道如此特殊，緣何樂透過去沒有聞出來。

弟弟還活著時，有一天下午小女孩子在奶奶陰暗的臥室裡目睹一幕令她無法忘懷的景象。

爺爺奶奶老厝的格局相當特別，整體呈長方形，甫走進屋子大門是客廳，得病的爺爺後來喜歡睡在客廳，披一件粉紅小毛毯，偌大客廳左側有一條窄廊，貫穿眾多房間直達廚房，順序從客廳開始是爺爺房間、奶奶房間、廚房，房間與房間中以三面巨大的窗戶貫穿，大得足以把臥室中沉睡的臥床框限在內。

這形同虛設的遮掩難以確實分割他們最初想抵達的心的分岸。小女孩子曾如此想。奶奶總是可以在入睡前望見爺爺空蕩蕩的床面，而小女孩子與弟弟一同在奶奶房間午睡時總也能望見她在廚房忙碌的身影。

那天，小女孩子和弟弟一如以往在奶奶房間中午睡，她閉上眼打盹，再度睜開時弟弟已經不見了，這時她微微撐起手肘，透過房間的大窗看見老人將一根金黃的香蕉剝了皮，露出銀白細嫩的果肉尖端餵給清醒而雀躍的幼弟。

弟弟只吃了一口，老人將剩餘的香蕉吃完，便按著弟弟頭領他到客廳看電視去。小女孩子等待老人與弟弟離開廚房，走向黃澄澄的香蕉堆裡拔下一根香蕉，也只吃了一口，便發現自己再也吃不下了，她將剩餘的香蕉藏在奶奶老舊的縫衣機抽屜裡。

弟弟只吃了一口，她的嫉妒也只有那麼一小口的香蕉。弟弟死去以後，小女孩子再也不吃香蕉。

黃昏時分老人準備收工，望著山頭那塊破碎的陽光看了一會，他就著夕陽餘暉坐在一張粉紅色的塑膠椅凳上翻撿一水盆的蒲公英，未來好用於炮製青草茶，他粗糙破皮的指尖滲入蒲公英莖葉的汁液，不時看望小女孩子，那幅畫面襯著他身後荒涼的曠野，以及方噴過農藥，寸草不生的山巔，讓他變得幾乎和小女孩子一般小。樂透蜷縮在工寮邊的沙堆上，喉嚨間溢出低嗥。

爺爺今年已經七十歲或者八十歲了。小女孩子想。而實際上老人七十八歲，他耐性十足地執行手上的動作，不時伸手按著自己的胃部再往上一點，老人得的是癌症，但小女孩子喜歡稱它叫黃色病，聽說所有得到那種病的人最初都從胃上面一點的部位開始疼痛，而黃濁的色素緩緩浸透他們的皮膚。

老人結束工作，開了他那輛藍色小貨車要載小女孩子下山，過去小女孩的弟弟將那輛車暱稱為「拉風車」，他們仍無比年幼時，老人經常在周末開車載姐弟倆到市區糖廠吃冰，他們總是坐在小貨車的貨斗上，而過往的風會吹亂他們的頭髮。沒有弟弟以後，小女孩子不能一個人坐在貨車車斗，就算可以，她也不願意。

老人安排她坐在副駕駛座，並替她緊緊繫好安全帶。老人關上小貨車車門，這時，從工寮內傳來室內電話的響聲，老人遲疑了一下，離開車子，大步走入工寮。

小女孩子聽見老人說話的聲音，他說：「好、好，甚麼？」、「把勞保的錢給……」以及「被帶走？」，過了一會，老人走回小貨車，上車，關門，雙手擺在方向盤上，深深地吐氣。

老人有兩個兒子，長子是小女孩子的父親，次子是叔叔，小女孩子的爸爸離開家以後，叔叔經常會到老人家裡和小女孩子玩耍、說故事給她聽，小女孩子過去和爺爺奶奶並不親，是風趣的叔叔將所有與老人有關的事跡化為讓小女孩子欲罷不能的傳說故事，以至於小女孩子最初對老人嚴肅面貌的恐懼逐漸轉變為憧憬。

叔叔連續許多天沒有找小女孩子玩，老人在接到一通電話後衝出老厝，騎上他歷史悠久的野狼傳說前往叔叔兼賣番荔枝的鐵皮屋，那是小女孩子與老人上山的三天前。老人回家以後，瞞著奶奶又接了幾通電話，不知怎地，小女孩子直覺地認為叔叔可能再也不會回來了，一剎那，小女孩子想起很久以前向一個神許下的願望，爸爸、媽媽都因此而消失，直到叔叔。小女孩子意識到願望失控得就像一列脫軌的火車，她再怎麼拉扯剎車都無法阻止火車朝懸崖下方的海洋傾駛。

小女孩子發著抖，從爺爺房間的窗注視客廳老人著急打電話的身影，午後晦暗的房間偶爾閃晃金黃的顏色，每當小女孩子看見那個顏色，她都會想起弟弟以前老愛握著香蕉在長廊上奔跑，那是僅屬於這棟老厝的奇觀，讓小女孩子覺得弟弟似乎依然在這裡，雖然他死去了，他的笑聲、奔跑的腳步以及香蕉甜美的氣味，伴隨著黃昏的金色光芒在老厝房間裡迴盪。弟弟夭折後這幢老厝是如此寂靜，彷彿也只有這樣的悲傷寂靜才能夠餵養屋內弟弟的幻影，大人們的痛楚沉默，其實是為了不驚擾弟弟黃色的幽靈在老厝內自由飛行。小女孩子有時幾乎覺得自己看見了弟弟，然而她的話無人相信也無人能懂。小女孩子，年紀輕輕就掉了所有牙齒，她沒辦法清楚地說話，空氣經過她的嘴巴發出呼呼聲響，像一個肉做的洞。

她沒辦法清楚地說話，為此，她入住老厝後爺爺和奶奶交談時會用一種奇怪的語言好讓小女孩子也能明白，那並非是客語、閩南語、漢語、原住民語或者一般人以為的語言，比較像是一種咕噥，爺爺說：「哼哼。」並且給予奶奶一個埋怨的眼神，奶奶就知道她把飯做壞了，而小女孩子會聽見奶奶說：「嘎嘎。」那是要求爺爺協助她疊茭葉的聲音，小女孩子從中亦學到了一種口音，依山傍海的太麻里人人皆有的特殊口音，在每一句話的尾音綴上清聲，微微上揚，好似他們的話語總是充滿對整個世界天真的疑惑。

但是總歸來說，小女孩子從來就弄不懂那些胡言亂語中的規律，後來她也再沒聽過用這種語言說話的人，那是只屬於被黃色占據的老厝內同樣的黃色語言。

2

爸爸與媽媽相繼離開後不久，小女孩子得到過問的權利，她問在廚房忙碌的奶奶以前有沒有煮過小鳥，奶奶回答：「沒有。」但其實小女孩子早已從叔叔口中得知，老人壯年時帶著他的雙管獵槍入山打獵，寬大的工作褲口袋刷刷地、鏘鏘地、琅琅地滑過子彈的聲響，那種聲音難以形容，如果一顆子彈能夠奪走一隻小鳥的生命，那麼老人的口袋裡當時就這麼刷刷地、鏘鏘地、琅琅地泛湧著小鳥們的靈魂，一枚一枚，一波一波，浪潮似的冰冷且雙眼緊閉。

他將樹上一隻隻小鳥射落，隨手撿起肚破腸流的小鳥緊塞在腰際的布包裡，老人每次回家，小鳥的鮮血總是染紅他的大半邊褲管，而小女孩子的奶奶會把小鳥拔毛、去除內臟，燉煮一鍋美味可口的鳥肉湯。

小女孩子初聽見老人的獵槍故事時，她相信爺爺就是她與弟弟曾在電影中看到的好人，她相信任何擁有槍枝的男人都是一則傳奇裡的英雄角色。即便小女孩子一想到死去的小鳥便心生恐懼，她依然認定老人身處荒涼曠野，殺生是不得已的行為，而他不時上山便是為了拯救荒野中的孤女稚子。

除了麻雀以外，小女孩子不曉得老人還獵過哪種鳥，他不狩獵以後很久，奶奶依然能在椅子底下掃出一窩窩色彩斑斕的羽毛，混雜塵埃與人類毛髮，屬於各種不同的鳥類，但已無從辨認，或許是不存在於世上的某種神祕小鳥。

老人在山裡的各種奇遇，小女孩子都是從叔叔或奶奶口中得知，他們說：「你爺爺到山裡時鳥兒們會唱歌喔。」意思是，當老人將槍口舉向某一隻小鳥，原本沉默觀看的鳥會歪著頭再度引吭高歌，直到他扣下板機。於是老人有一回嘗試用槍口指揮那些不唱歌的小鳥，讓沉重的雙管獵槍在單手中笨拙地擺動，像指揮家手中的銀色長棒，山雀、五色鳥、黃鶯、烏鴉，牠們在他點到的時候歌唱，山谷間迴盪群鳥不協調的合聲。

某一天晚上，老人做了一個夢，他夢見一群金黃色的小鳥在追擊他，老人躲藏在一棵長檜木中空的樹面，那種地方通常是熊隱身之處，在那群鳥像嗡嗡作響的星群朝他飛衝而來之時，老人忽然靈機一動唱起了歌。

老人從來就不唱歌，但那一回他唱了，他唱歌的時候，鳥兒們默默地凝視他，用黑巧而晶亮的目光驅使他，老人意識到，他可能要一輩子這麼唱下去。

他從夢裡醒過來以後，就不再打獵。

老人開始種樹，種香蕉、番荔枝、番茄、木瓜和茗葉，他上山工作的時候偶爾會撿到山麻雀從樹上的窩裡掉下來的小孩，他把鳥小孩送給小女孩子，他喚著：「小女孩子，妳要不要養小鳥呢？」鳥小孩身體粉嫩，某些部分甚至灰灰的，眼睛大而且黑，一聽見動靜便張嘴求食，奶奶教小女孩子看鳥小孩的嗉囊檢查牠是否吃飽，幼時的小鳥皮膚近乎透明，可以看見其中隱隱發亮的內臟。

小女孩子總是把鳥小孩養死，牠們的生命，老實說從樹上落下時便砸碎了，是老人硬將自己的罪惡與愧疚塞給她，他覺得小女孩子年紀足夠小，有能力替他償還。

小女孩子一直害怕那些鳥小孩，一如害怕鳥兒的屍體那樣，但假若她不願收下，老人會說：「小女孩子，好好照顧牠們，我就唱歌給你聽。」而老人從來就不唱歌，至少不對他的家人唱歌。

「奶奶，有聽過爺爺唱歌嗎？」有一回小女孩子在廚房裡向奶奶問道。

「沒有。」奶奶搖著頭：「從來沒有。」

小女孩子其實有所誤會，她將曾看過的那部神槍手電影裡的口哨聲誤以為是某種歌唱，她認為神槍手是必須發出那種特別的聲音的，她矮矮地在廚房裡蹦跳，用無牙的嘴奮力想發出那種聲音，同時眼看奶奶將手指伸進高熱的鑵子裡快速地沾了一點兒菜汁放進嘴中嚐味道，每一次做飯奶奶都用左手的無名指，戴著金色結婚戒指的那根，快速地沾、舔，每一次奶奶都會舔掉一丁點無名指上的肉，久而久之，奶奶左手的無名指變得非常短，像一枚刺，或者從戒指的圓圈裡滋長的肉芽，但奶奶很高興，她認為這是做為爺爺妻室的明證。

後來，小女孩子就開始學習唱歌。

爸爸離去，叔叔偶爾會在周二帶小女孩子到山下逛夜市，那是一條短短的、僅有一條街那麼長的鄉村夜市，點著鵝黃色的燈火，小女孩子的叔叔在那兒買卡式錄音帶給她。小女孩子的身高剛剛好可以企及擺放有錄音帶的桌面，錄音帶塞在木製的格櫃裡橫陳於摺疊桌面，許早時候，這兒販賣著演歌和台語、兒歌等歌曲的錄音帶，然而小女孩子著迷的始終是最新出現的西洋歌曲精選集，她跳上跳下的央求叔叔買下披頭四、老鷹合唱團的錄音帶，從西洋歌曲中，她會聯想到和尋找黃金有關的那部電影裡好人說話的語氣。小女孩子並不知道她所購買的那些錄音帶全是盜版，她只是用爺爺的老播音機反覆不斷地聽。

小女孩子不知為何經常於音樂中想到人的死亡，想到老人不久後的死亡。她想像很多鳥，各種種類、顏色的鳥聚集在爺爺的告別式，然後爺爺面帶她不曾見過的微笑在無數目光中步上他的棺材，而那甚至是一方有階梯的高級棺槨。爺爺必須小心翼翼地踩上錚亮的原木臺階，在最高的那一階上回頭望向眾人，給予一個極為燦爛的笑容，隨後他以一種優雅而瀟灑的方式往後倒去，當他恰如其分地深深沉入為他量身訂作的棺槨，一大片鷹羽濺散在空中，褐色、斑紋簡潔的鷹羽，代替了往常應該填入的衛生紙早早被填入了棺內，那時爺爺彷彿並不死亡，而是落入他的沉睡，由他決定的冬眠日。

老人死後，他的墓誌銘這麼寫：他生前就是個硬漢，死後也是硬梆梆的。

小女孩子坐在藍色拉風車裡，將自己埋藏在保力達空瓶與檳榔辛辣的氣味中，她小心地從灰濛濛的車窗底下探出視線，看老人瘦削單薄的身影在工寮前和另一個男人談話，老人將一疊鈔票交給男人，男人搖著頭。

不夠、不夠。小女孩子在車內悄悄配音。

男人離去以後，老人回到車上，關上車門，將雙手放置在方向盤上，深深吐氣。

「小女孩子。」老人說：「妳今天看過螢寶了嗎？」

「還沒有。」小女孩子答道。老人發動引擎，直接將小貨車開往農園，噴灑過農藥的果園景色衰敗，空空如也，老人按著小女孩子的頭引她走入農地，果園裡黑刺的枯枝上冒出了新芽，許許多多的新芽，老人稍早已打電話叫工人明天上工，意味著第二次整枝的時日到來，他們會剪去另外半片園地中大部分的嫩枝，留下少數的芽，最後，那些被留下的芽得以開花。

「果實結出來以後，是半透明，可以從外面直接看到裡面的果肉。」老人只要帶小女孩子到這株果樹之下總是不厭其煩地解釋，一次又一次，彷彿怕她不信。老人的陳述促使小女孩子回憶起過去老人交給她臟腑發亮的幼雛。

即將步入黑夜的果園底下傳來火車轟轟的巨響，萬物輪廓模糊，從山上遠眺出海口，能見到一脈灰白乾涸的河床，上次水災曾從金峰底奔騰過的太麻里溪此刻只留下一條條防汛道路，老人抱起小女孩子，讓她坐在自己孱弱的肩頭上。

他們仍然記得，大水災那時溪河如何氾濫，先是一道從深山噴射的山泉水往上走，彷彿靜止時空裡霧漫山谷空間，持續久遠，那時，它想自己其實是雨。隨後它如一隻渾沌初醒的獸，搖晃巨大潮濕的頭顱試圖從山錮逃脫，離出海口約三百公尺距離，山谷曲折，它也一併蜿蜒、撞擊、怒吼，一百公尺處卻已大地延展，那瞬間，雨成為天空與陸地唯一的關聯，它忽記起一個亙古的夢，比它是河、它是雨、它是山中的積泉更久，它想起自己其實是海，是以它摧枯拉朽，衝破人類微不足道的家園，回歸它那真正的家。

老人粗糙的指尖隔空摩娑光突的山壁，那兒是水勢初次撞擊之處，擋下它，再往下仍有一道迂迴，再度擋下它，直到近出海口，那一片白晃晃、亮潔如新的灰白大地，便再也不能阻止。

「山就是山，河就是河。」老人說：「小女孩子，妳要記住，不管我們如何更改溪水的走向、山脈的位置，每隔數十年、數百年，它依然會記得自己原本的樣子。」

「不像我們，很容易忘記。」小女孩子答。

「沒錯。」

回到車上，老人將車開回工寮，他從車內投向山頂深處的一瞥蘊含敬畏與悲鳴，老人對小女孩子說：「今天晚上，妳在這裡。」

「已經和奶奶講了嗎？」

「已經和奶奶講了。」老人答道。

說罷，他按著小女孩子的頭走入工寮，工寮內布置了簡單的家具，以及一張床墊濁黃的床，由於老人經常躺臥床鋪，黃色也滲入床墊表面，暈染出一塊人形痕跡。老人讓小女孩子躺在床上，看著她。

「今天晚上，妳在這裡。」老人又說了一次。「如果家裡打電話，妳說爺爺在睡覺。」

小女孩子觀察到老人並不打算睡覺。

「爺爺要去哪裡？」

「山上。」老人說：「不要跟別人講。」

老人即將離去，小女孩子拉扯他洗白的襯衫一角，老人說：「小女孩子，放開，我就唱歌給妳聽。」但老人從來不唱歌，小女孩子鬆手以後，老人只對小女孩子說了一個故事，他說：相傳山上有一條黃金之河，所有涉越它的人，統統都會變成老頭子……

3

清晨時小女孩子拖著大包裝的狗糧走向樂透，她不知道一隻狗的食量有多少，樂透對塑膠袋磨擦的聲音產生制約反應，激動地從沙坑裡跳起來，但牠無論在寒冷的空氣裡嗅聞多少次都無法捕捉到老人的氣味，這對於牠是否能心無旁鶩地用餐至關重要，最後牠放棄了，湊近小女孩子等待她打開包裝。小女孩子並不曉得該如何餵食一隻狗，她拖拉狗糧的時候磨破了袋底，導致狗糧最終傾灑一地，樂透迅速搖晃尾巴，上前大口吞食，小女孩子身上沾滿飼料碎屑，呆呆地後退了一、兩三步，狗糧袋緩慢地斜躺在地。她感到有點想哭，然而爺爺將螢寶番荔枝交給她這件事提醒了小女孩子，老人不在的時候，她必須讓農園保持得和過去一樣，她必須接電話，告訴電話那一頭的無論是誰爺爺在工作、爺爺在爬椰子樹、爺爺在上廁所、爺爺很好，還有爺爺不會給他們那輛價值三十萬的農藥車。

小女孩子開始在她的農園裡奔跑。

老人的農園距離山與海同時是那麼的近，小女孩子此時凝望東方的太陽升起，在雲霧裡投射出一束一束的曙光，小女孩子望了一會，隨即想到自己應該開始工作了。

老人和所有的農民一樣，在太陽完全露臉前開工，直到中午光熱增強後才休息，小女孩子決定效法。她巡視著葉園，並且幸運地撿拾到另一隻枯褐的螳螂屍體，她情不自禁地坐在一棵木瓜樹下掏出原先偷偷收藏的螳螂，讓兩隻螳螂認識彼此並且玩遊戲，她似乎忘記了老人曾告訴她噴過藥的植物與昆蟲不能碰觸，她用兩隻螳螂演戲，大聲唱起〈Hey Jude〉，她的歌聲方響起便開始消逝，每一首歌對她來說都是從生到死的小小循環。

蝗螂的黑黃顏色讓小女孩子隱隱覺得若藥的作用是讓她變得和周遭景色一樣枯黃、乾癟，那也未嘗不是好事，荒涼的果園在她小小的內心裡留下遼闊的印象，她可以花上幾個鐘頭在偌大的番荔枝園裡高歌、穿梭蹦跳。

樂透吃飽了，來舔小女孩子的腳，她感覺身邊沒有爺爺使狗看來很大，但樂透溫柔地伴著她，於是他們一塊去看螢寶。噴過藥的黑褐泥土陷進鞋底與狗的肉蹼，狗溫熱的呼吸吹撫在小女孩子掌心，面前的螢寶番荔枝模樣與昨天一樣，枝幹上點點瑩綠的嫩芽在寒風中顫抖，使小女孩子想起老人昨日曾打電話給工人預約今天剪枝。

如果到時候爺爺還是沒有回來的話該怎麼辦呢？小女孩子撫摸樂透的頭顱想。

此時天空愈來愈明亮，好像不是太陽，而是整座天空都在發光，小女孩子飢餓起來，她按著樂透的頭一塊走回工寮，翻找房間內一台隆隆運轉的冰箱，她找到一個剩餘一半的便當盒，從廚房桌上取了一雙免洗筷直接坐在床上吃，冰冷的飯粒幾乎沒有滋味，刺激著小女孩子暖熱的口腔，由於她沒有牙齒，得將飯粒含軟以後用牙齦碾碎，這是一件艱難的事，她坐在床上，輕輕踢腿，決意把便當吃完。

外頭傳來第一隻鳥兒的叫聲，小女子想起她送媽媽到車站時那些在月台鐵道間俯飛的燕子，牠們來來回回，彷彿不怕被火車衝撞。小女孩子輕輕踢腿，回味媽媽離開時抱著自己的體溫，以及她腋下隱隱傳來的一絲狐臭，母親的軀體對小女孩子來說是一塊自己所熟悉而有溫度的鬆軟的肉，是一種廉價易得的依靠，因此當媽媽離開她的時候，小女孩子並不知道憂傷是甚麼。

弟弟死去後，爸爸開始賭博，用高粱酒和香菸煙霧填充他的內心與肚腹，爸爸像顆汽球一樣迅速地在之後的時日中膨脹起來，臉上經常帶著飄然神祕的笑容，在小女孩子的想像中，爸爸高大壯碩，身上充滿令她安心的香菸氣味，他總在夜晚出門，身穿最俗豔的襯衫——亮橘、螢光或者粉紅色，罩上一件髒兮兮的白色西裝，胸口別了一朵枯萎的紅色玫瑰花，下半身邋遢地套著棉質短褲，露出毛茸茸的腿，踩著藍白拖鞋啪搭啪搭地走過大街，他到固定的私人賭場，與他自身同樣被香菸煙氣飽脹的密閉空間，光線由於在煙霧裡反覆折射以至於陰暗不堪。他們玩麻將、撲克牌和骰子，免洗杯、空酒瓶無處不在，爸爸將籌碼一點一點撥到桌子中央，起初那是一些紅色的圓幣，再來是香菸、爸爸胸口那朵枯萎的玫瑰，而隨著月色沉淪，煙霧彼端面貌不清的朋友們開始鼓譟，於是爸爸脫下自己唯一一件體面的外套、他的手錶，最後是從媽媽抽屜偷來的紅寶石耳環，爸爸眼中輕飄飄的傲慢像煙霧一樣瀰漫，飽飽地充滿了他冒著血絲的眼球，讓他的眼球也變得像氣球一般圓滾欲裂，最終最終，一個男人對爸爸說：「你要拿點真正有價值的東西出來。」然後爸爸臉色微變，他伸手到自己襯衫胸口前的左邊口袋裡取出一顆卜卜跳動的小小心臟。

「這是我兒子的。」爸爸對他的朋友們說：「反正他已經死了，而這是一顆很爛的心。」

小女孩子坐在床上吃完了她冰冷的便當，她甩動後腦勺兩條已經稍稍有些鬆脫的髮辮，不再想像爸爸當時可能的樣子。小女孩子聽見工寮外頭傳來樂透的嚎叫，以及不認識的男人對樂透頻頻咒罵。

也許是工人來了。小女孩子想。她跳下床急切地走出工寮，冬日陽光穿透雲層落在她發熱的臉頰上，逆光方向有兩個成年男子四處走動、翻倒紙箱，他們一個長得高壯，皮膚黝黑，一個則十分瘦削，他們看見小女孩子時說了：「哇。」

小女孩子問他們是不是來幫忙剪枝的工人。

兩名男人低聲交談，沒有回答小女孩子的話，他們推開她走進工寮內，其中一個發現了農藥車，他發動了農藥車，將車從工寮內開出來，小女孩子苦苦追趕，開車的男人發出笑聲，刻意等她，小女孩子追上後又驅車前行，有一段時間，小女孩子玩得很開心，另外一名陌生男子也倚在工寮邊微笑，直到農藥車沿路噴灑農藥，機械的身形倒映著銳利的光，男人開動農藥車於農園裡橫衝直撞，壓斷幾棵幼小果樹，另外一人則動手搜刮更多物品，小女孩子臉上僵硬的笑容終於像捕蠅草上的蜜糖般滑落，樂透瘋狂地叫喊，水霧似的農藥輕輕覆蓋住小女孩子的農園。

男人們將農藥車開向通往山下的路途時，小女孩子追逐了相當長的距離，然而她出於害怕無法獨自踏上屬於「山下」的土地，她臉上垂掛眼淚與鼻涕，渾身骯髒、頭髮凌亂地坐在屋門前，樂透不知所蹤，太陽正下降到山的另一端，小女孩子意識到剪枝工人們今天沒有來，爺爺也是。

夜晚全然降臨以後，小女孩子才聽見了老人的呼喚。

那聲音極為弱小，參雜著樂透一聲高過一聲地吹狗螺更像是一個幻想，小女孩子推開門奔入夜色，悶頭撞進爺爺的懷裡。老人和她一樣渾身骯髒，甚至比她更髒，破爛的上衣沾有碎葉和泥巴，他一手壓著小女孩子的頭一手壓著樂透，背上背著一把形狀奇異的長木頭，他無法行走得更快，小女孩子偎著他的大腿，亦步亦趨跟隨。

他們走入工寮以後，老人立刻將長木頭放在一旁的衣櫃頂端，接著讓身子緩緩滑入鵝黃色的被單，小女孩子對老人說：「對不起，我把便當吃掉了。」

老人搖頭，從口袋裡取出手機撥了一通電話，從山下叫來兩個便當。

他們不知道便當甚麼時候會上山，並且害怕山裡的秘密會被發覺，老人問小女孩子：「你今天看過螢寶了嗎？」

小女孩子回答是。

「可是今天工人沒有來剪樹枝。」小女孩子加上一句。

老人呻吟一聲，脫下上衣露出有那根木頭形狀瘀青的背部，他說沒有關係，到了明天他們可以一起親自做。

老人的背太過疼痛，以至於沒有發現農藥車消失，小女孩子爬到老人背上，替他將傷口敷上藥膏，那份藥膏同樣是奶奶為老人調製成的，然而，老人從來就不喜歡回家。

老人做了那個關於金色小鳥的夢境以後便不再打獵，但他仍然需要宣洩無窮精力，他鎮日在山間徘徊，行走於閃耀璀璨的金針花田，發現隱藏於花田內一戶如夢的家，那戶家園中住了一名女巫，從噴出食物香氣的窗戶裡伸手召喚爺爺走近。太麻里很小，這件事傳到奶奶耳中時，小女孩子看見奶奶背對著她做菜時左手上的肉刺猶如觸鬚般抽搐扭動。

在小女孩子擦拭藥膏的動作下，老人的眼睛漸漸迷惘黯淡，被一層無害的睡意籠罩，小女孩子按壓老人正日復一日變黃的皮膚，她的手指彷彿隔著皮肉追擊癌細胞黑色的蔓延，老人身上傳來一種腐敗的氣味，他死去以後，停放他屍體的老厝滿屋子都是那種味道，這味道是黃色，鮮明得就像弟弟嗜吃的香蕉。

小女孩子凝視老人沉靜的睡臉，再度確信那張臉極似她曾和弟弟一同看過的那部西部片主角，而叔叔的確也說過：很久很久以前這兒附近傳有金礦，隱藏在一條山裡的河流之中，一群來自荷蘭的探險隊深入草莽，探索未果，採金途中與太麻里部落發生衝突，當地社人死傷數百，約四十人頭顱被割下。爺爺年輕時從屏東坐著老牛車來到這兒，說不定就是為了尋找黃金。同時在依山傍海的東部山間，他靠一己之力開墾拓荒，進入山林，巧取豪奪，全憑一把雙管獵槍，他年輕時的確就是個牛仔，騎在挖土機上。

老人沉重的鼻息在送便當的摩托車聲響由遠至近時微微停滯，隨後他睜開眼站了起來，某片方磚底下藏匿裝在鐵罐裡的鈔票，老人拿出紅色的一張交給小女孩子，一會後，小女孩子拿了兩個便當進屋。

他們用餐的時候老人總算注意到消失的農藥車，他問：「今天有人來？」

「有。」小女孩子說：「是剪樹枝工人。」

老人沒有質疑小女孩子的話，他拿著免洗筷的手重重地拍了拍小女孩子的頭，他們準備入睡前，窗外讓番荔枝群維持清醒的探照燈倏然璀璨，小女孩子認為這是比白天更加白亮的光景，果樹的葉脈與枝椏，均因光陰的分布更加清晰且橫生細節。老人緊緊擁抱小女孩子，他們在床上頭抵著頭，小女孩子嗅聞那股黃色的味道，意識逐漸朦朧。

隱隱約約，老人囈語著宛如歌唱，但小女孩子知道他從來不歌唱，所以她猜想那只是另一個故事。

4

爸爸離開太麻里前帶小女孩子去市區看了炮炸寒單爺。

在小女孩子的印象中，那是一個特別黑暗又特別明晰的夜晚，他們跟隨人潮站在散發臭水溝味的街道一角，等待遊行隊伍通過。滿地鞭炮的殘餘和檳榔渣、菸蒂延展成對小女孩子來說遼闊無邊的紛雜大地，爸爸牽著她的手，穿著平日賭博時慣穿的那種招搖撞騙的鮮豔服裝，那時的父親看起來難以形容的英俊，他是陰影裡唯一奪目的斑斕色塊，是一支霓虹燈旋轉的燈管，平素穿在白日裡會顯得不正經的服裝，於遊行中卻顯現出他這人物的特色來，他的豪賭彷彿是為將來鹹魚翻身預設的伏筆，嫌棄他的家人或向他逼債的地下錢莊都得排隊等著舔他的鞋，而他會牽著小女孩子就像此刻牽著她，因為只有她，不在做爸爸的狼狽潦倒時口出惡言。

爸爸像個孩童般對小女孩子興奮地預告：「他們就要到了。」

小女孩子從父親的手掌裡掙脫出自己的手，直起食指塞進耳朵裡，她怕極了突如其來的爆炸，小女孩子過去只看過幾次遊行，都是發生在大白天的遊樂園裡，爸爸這次告訴她有晚上的遊行，問她要不要去？小女孩子想像戴著卡通人物面具的戲耍者、踩高蹺的巨人、噴火壯漢、打扮成女巫的美麗女子，他們沿街拋灑糖果，樂隊在船型彩車上伴奏。

可是爸爸說這個遊行不同一般，會有爆炸，像是很多氣球在遊行裡被踩扁，那是無可避免的，不是嗎？

小女孩子點點頭，表情嚴肅地將手指緊緊塞住耳朵，此時她從下往上看爸爸，發現爸爸那副期盼不已的模樣不過就是比她高大一些的男孩，驟然間，小女孩子了解就在這個晚上，她和爸爸待在同樣的年紀、同樣的時空之中，爸爸變得小小，他們一起伸手塞住自己的耳朵。

幾乎是在同一時間，遠處的地面燃燒起來，劈哩啪啦響過火花四濺的光熱。如同人們在不斷被子彈射擊的路面上行走。小女孩子如此想，因為爺爺和那部關於西部牛仔的電影讓小女孩子把所有和爆炸相關的東西都想成了射擊，她的爸爸一點也不了解她，會將爆炸和氣球聯繫在一塊的從來只會是她死去的弟弟。

小女孩子看見遊行隊伍的前方是一名拿著榔頭敲擊背部的裸裎男人，以及另一名以榔頭敲擊頭部的瘦子，他們的背和頭部鮮血淋漓，小女孩子不自覺抽開耳朵裡的手指轉而摀住眼睛，隨即又被刺耳的炸裂聲嚇得再度堵塞耳窩，她的爸爸在近乎無聲中以一種她死去弟弟的神情朝她微笑，她學會塞住耳朵閉上眼睛，她早應該像本能一樣學會這件事情才對。

小女孩子再度睜開眼時，一名肥壯、穿著兜檔布的男性正踏著律動詭譎的步伐靠近小女孩子的方向，她以為自己看錯了，但那是真的——那名男性的臉頰被一根約莫有三公尺長的鐵棍穿透，沒有流出血，好似那根鐵棍原本就長在他臉上一樣，小女孩子來不及想那麼他該如何刷牙洗臉呢這樣的問題，她倏地被黑夜裡遊行的男人們臉上游離做夢的神態攫住心神，他們毫無感覺地切割自己肉身，鞭炮的子彈打在他們身上，他們臉面的神態依舊肅穆隱忍，像鬼一樣，一種更真實且貼近鬼此等存在的模樣，小女孩子愣忡著，轉頭望見她的爸爸失卻了微笑，已然也是同他們一般毫無表情的夢遊面孔。

爸爸那夢遊般的面孔，就像弟弟成為屍體後安在棺材裡的臉，弟弟身邊覆滿潔白的羽絨，是要很多鳥小孩死去以後才能聚集出那麼多的初生羽絨，團團圍繞著弟弟，使得弟弟最後只露出一顆頭顱，安詳地無表情著，小女孩子那時曾納悶弟弟身體的其他部分到哪裡去了？但她仍然選擇在最後親吻弟弟的額頭，她愛她的那個小弟弟，就算他變得冰冷僵硬，就算他只剩下一顆小小的頭。

鞭炮聲愈來愈近，也愈來愈強烈，小女孩子感覺黑暗中每一件事物的輪廓都在震動，隨後她終於看見了某個人物從夜的深處飄移而來——臉上包著頭巾、赤身沾染黑色灰燼，手拿一片葉，眼看鞭炮流竄過去，即將被無數子彈穿透身心，但沒有，那是個無可名狀的存在，布幕下的眼睛以及其手懶懶撫去絢亮的姿態均如此昭告。

小女孩子不知不覺放下手問身旁的爸爸：「那是甚麼？」

爸爸喊出其名諱：「流氓神！」

小女孩子目睹那些血腥與殘酷，她認為這肯定是一個兇狠、無所不能的神。小女孩子這時轉頭望向爸爸，她純真的眼睛裡突然出現了位於現在、未來以及過去的所有真相引發的滄桑，她問爸爸：「我可以向流氓神許願嗎？」

「祂不會理你的，不過隨便你。」

小女孩子咬著下唇，靜靜地對高坐轎子的流氓神許願。

如果不是爸爸，媽媽將來不會離開，弟弟過去不會死，叔叔不會失蹤，爺爺不會生黃色的病，而奶奶不會由於爺爺夜不歸宿在床邊哭泣。

小女孩子向流氓神請求：把爸爸帶走，把爸爸帶走。

這時，炸裂大地中心的神竟彷彿心有所感般向小女孩子的方位投以好奇的一瞥。

緊接著底下人潮將神抬走，小女孩子吐出深埋胸口的一絲氣息。她轉頭看，爸爸還是爸爸，年長的英俊的玩世不恭的，而且即將永遠地離開她了。

三天後，爸爸為了跑路遠離小女孩子與媽媽，小女孩子那時知道，她與媽媽不久後也將在火車月台上告別。

5

小女孩子與老人幾乎是同時張開眼睛，汙黃的床單抵著老人腫脹的背部，此時散發辛辣痛感，可他仍然必須離開，前往山上。老人急迫的模樣讓四肢肌肉賁張，那時他又有了精力旺盛的假象，小女孩子覺得，老人如此迫切地想要離開這裡，或許並不是為了他最初所言的必要原因，而是由於他渴望見到花田裡的女巫。

小女孩子知道，其實花田裡的房子沒有住著女巫，至少不是她所以為的那種女巫，奶奶和鄰居嚼舌根曾經提到過，爺爺私會的對象是個同樣七、八十歲的番婆，小女孩子約略了解番婆的意思，她也聽人說過花田裡住著女巫，女巫有那麼多種外號稱呼，但小女孩子喜歡在心裡喊她女巫，花田裡的女巫，小女孩子想要見她，又因為嫉妒與害怕的關係不願讓老人知道。

於是小女孩子只問：「你要去追逃跑的樹嗎？」

「追甚麼樹？」老人反問。

「水災的時候被沖到海邊的樹，叔叔帶我去看過，但是樹過幾天就消失了，我猜它們自己回到山裡去了。」小女孩子繼續說：「爺爺要去追樹嗎？」

「對。」

一會後，小女孩子自己說：「爺爺不可能去追樹的。」

「不追樹，那追甚麼呢？」

「黃金。」

老人點點頭，那一瞬間的表情讓小女孩子想到久未謀面的叔叔，那是由於貼近了真相所以讓人無所遁形的表情，小女孩子因而有些得意。老人顫抖著抹抹臉，他眼角的皺紋和下垂的眼眶在在神似他的兩個兒子。小女孩子意識到，她真的好久沒有見到叔叔了，在過去，叔叔每隔幾天就會上山講述以前的故事給她聽，他說自己和哥哥年輕時一同在農曆新年走路到太麻里街上看電影。那時村莊熱鬧非凡，有金山和建國兩家戲院，他們由大帶小到煙霧瀰漫的戲院看片，穿一身卡其新衣。戲院內擠滿木頭椅子和吞雲吐霧的大人，影片通常是中影的反共片或武俠片，中途不清場，想看多久就看多久，他們看到晚上回家吃飯，一出戲院，整個人頭昏眼花。

對小女孩子而言，叔叔是特別的，是擁有與父親相似的外貌但更為適切的存在，叔叔沒心情說故事的時候，就教小女孩子唱盜版錄音帶裡的英文歌，小女孩子從來不知道叔叔怎麼學會那種來自另一國度的語言，她唸「愛老虎油」、「古德奈」和「古德掰」，叔叔經常被她咬牙切齒的發音逗得哈哈大笑。

老人並未和小女孩子解釋，她最親愛的叔叔同時也是他的兒子，已經被父親的債主綁架走。離開前老人囑咐小女孩子：倘若那兩名男人又來找麻煩，別跟他們說話，趕緊去躲起來。

一直到老人的背影消失在山道間，小女孩子才允許自己展露憂鬱，模擬一種明明知道老人要去私會別的女子，卻只能佯裝不知的苦澀眼睛，小女孩子在奶奶臉上多次看過這種眼睛，但奶奶總是旋轉著手指上的金戒，藏起對小女孩子來說，因善妒而格外晶亮美麗的眼珠。

小女孩子便展開對果園的巡視，她找到一把用於修剪莖葉的生鏽剪刀前去螢寶番荔枝的農田，笨拙地修剪枝葉，再過不久果樹就會開花，開花後還須找工人前來授粉，否則僅有老人和小女孩子根本無法完成所有工作。小女孩子修剪完一棵螢寶番荔枝樹的枝葉以後，覺得十分疲憊，她隨手扔開剪刀，一面呼喊樂透一面回到工寮。遠遠地，小女孩子聽見來自工寮內播音機的聲音，是一首由於距離太過遙遠而難以辨明歌詞的曲調，在那兒，她又見到了偷走農藥車的男人。

這次只有一名身材瘦削的男人獨自前來，小女孩子由下往上仔細地觀察他。男人有一張畏畏縮縮的臉，雙眼微微斜視，頭髮狂亂豎起、黑長糾結，像是大武山區七里香被怪風吹成形貌特異的樹冠，小女孩子想老人會不會要砍下來，種在盆栽裡，高價賣出去。她到處走走看看，擔心另一名陌生人潛藏起來，打算趁她不備時奪走更多東西。

男人詢問小女孩子是否懂得吟唱收音機裡傳出的歌曲，小女孩子說：「當然。」她唱了〈Here comes the sun〉，男人看著她唱，當小女孩子停下來，男人再度要求她，但小女孩子搖搖頭。

「妳知道妳爺爺的事情嗎？」男人問。

「我知道，他說山上有條黃金河，會讓人變成老老的。他去找黃金，你知道黃金河的故事嗎？」

男人看起來像是想笑，扁平的臉上五官抽搐地糾結。他第二次要求小女孩子唱歌，如果小女孩子願意唱，他會說黃金河的故事。於是小女孩子唱了，這次她是隨便唱的，她料想男人聽不懂西洋歌曲，而他也確實不明白。

小女孩子唱完歌以後伸手拉住男人的衣襬，以至於他哪兒也不能去，小女孩子希望男人不要像爸爸、叔叔與爺爺一樣，在給予她承諾以後又消失不見。男人任由小女孩子拉著自己，他坐下來，開始講一個黃金之河的故事。

男人說：很久很久以前……

好吧，或許也不是那麼久，可能幾十年前，或一百年前。

男人斷斷續續地講述故事的主角是兩個男人，正合小女孩子心意，她問一個是不是很醜，而另一個則是好人？男人說不不不，又說對對對，其實他也不曉得這兩個男人長甚麼模樣，倒是十分確定這兩人的膚色一個非常白，一個則非常黑，他們一個是番仔，一個是白浪，小女孩子問甚麼是番仔和白浪，男人答不出來，因為已經沒有人知道他們究竟是甚麼名姓。只知道一個皮膚黑，一個皮膚白，而通常在這個故事裡，黑的那個才是白浪，白的才是番仔，為了方便說故事，他們只好這麼稱呼兩個主角。

原先，也沒有人知道黑的是排灣族的山地人，還是南美洲的土著，皮膚白的也沒人知道是是閩南人還是客家，還是阿美族，是荷蘭人還是瑞士的傳教士。為了把故事講好，男人考慮很久，決定讓這兩個人一個是小偷，一個是搶匪。在故事的一開始，他們就被通緝，被追殺，因為他們一個販賣私酒，一個強盜偷竊，他們從山的西邊逃到東邊，就這麼在路上遇到。

小女孩子問：「他們騎馬逃走的嗎？」

男人沉默了一下，隨後說：「對……」

小偷和搶匪騎著馬，戴著晴雨帽在滿是尖銳石礫的道路上奔馳。（小女孩子說：「尖的石頭，讓馬很痛。」）小偷和搶匪騎著馬，戴著……寬沿帽，在滾滾黃土中奔跑——當然，黃土極其細緻柔軟——同時他們各自高舉一把雙管獵槍，不時向身後的追兵射擊。起初，他們並不信任對方，只是恰好在逃亡路上相遇，又倒楣地一同被發現，最後只好一塊兒策馬狂奔，逃亡之時，他們也不忘咒罵彼此，要另個人別走和自己相同的路線。無奈他們語言不通，搶匪往左，小偷也往左，小偷往右，搶匪也往右，他們商量不出甚麼好方法，後來就一起逃進了大武山。

在大武山裡，小偷與搶匪不得已成了患難與共的兄弟，畢竟在充滿飛禽走獸的蠻荒之地，能有一個共同狩獵求生的同伴也是件挺好的事情，小偷與搶匪為了避風頭，在山上生活了很長一段時間，長久得甚至覺得，永遠不下山也沒有甚麼關係，這段時間裡，他們漸漸學會一種新的溝通方式，一種只屬於他們的暗號，取代了他們各自的母語。

有一天，這兩人中的番仔，他說他的族裔曾經叱吒這片山林，而在他們的族裡流傳了黃金的傳說，從大武山再過去三日路程會見到一條河，這條河是產金之河。他又說，曾見過部落裡的長輩鎔鑄金條，那東西閃閃發亮，看起來非常美麗。番仔說，既然他們都躲在山上了，不如去找這條黃金河，還能讓自己開心一點……

男人說到這裡，小女孩子露出無牙的笑容，她覺得故事中的搶匪像極了老人，她拉著男人唱歌，歌聲結束時，他們聽見了劈哩啪啦的聲音。

6

流氓神過去從未聽聞過一個孩子的願望，祂本來也不是樂於接受他人祈願的神，但在那喧鬧吵雜的瞬間，透過扮演祂的青年，祂看到了小女孩子眼中的祈願，幾乎不可能被發覺的秘密在那孩子眼中縱橫，流氓神無限的視覺亦見到了所有生命的開頭與結尾，祂看見兩幫人馬為了爭奪老大位置派出最能忍受疼痛的扮演者扮演祂，誰能忍受得最久誰就贏得這場儀式，也贏得地盤與權力，祂看見小女孩子的爸爸和其中一幫人借錢償還賭債，他此番前來就是為了找機會向一位角頭請求清償時限的延後，流氓神聽見小女孩子的心願，理解到她永遠也不會原諒他。

流氓神隔著物質世界與凡人腥羶的體氣朝小女孩子投以好奇的一瞥，那是一蕊多麼幼小的靈魂，黑眼睛，兩條細髮辮，臉頰在冬日裡凍得通紅，剎那間，流氓神感到小女孩子也回望過來，他們四目相對，隨後分離。

發光閃爍的柏油路上流氓神遁出肉身，空無赤裸地穿透人群，來到小女孩子的爸爸身邊，流氓神觀察一會，決定穿上她爸爸那身俗豔可笑的橘條紋西裝，學會他搖搖擺擺的行走姿態。

那晚小女孩子的父親與地下錢莊交涉未果，被剁去了一根手指，三天後便跑路了，留下小女孩子和她的媽媽。

流氓神知道，小女孩子早早遺忘曾向自己許願，她從不認為願望真的能夠實現，她的媽媽給了爸爸的離去一個適當的藉口——遭人設計欠下大筆賭債，無法償還只好逃到山的另一邊。於是當流氓神饒富興味、期盼地在小女孩子身邊遊蕩，希望她能多多少少基於一個神的無為所導致的最佳成果給予一絲謝意，而小女孩子卻如一般正常人那樣對祂視而不見，流氓神無法自控地感到洩氣。

小女孩子追逐農藥車時，流氓神跟隨在她身後，從噴發瀰漫的農藥霧氣裡得知老人罹癌的原由。

流氓神試圖跟隨男人們回返山上，可是祂突然發現自己哪兒也去不了，莫名其妙地，流氓神只能待在番荔枝園裡，待在小女孩子身邊。

小女孩子和老人一同入睡時，流氓神觀望他們的夢境，看見小女孩子夢見了與祂初次相見的場景，而老人夢見了被綁架的次子，夢見次子被長子牽著前往戲院看電影所走的長長的路途，他們穿著卡其新衣的背影邊緣鑲著白晝的日光，彷彿即將消失在馬路盡頭一樣，老人在夢裡伸出黃色的手，卻無法阻止兒子們緩步離去。

隔日，流氓神聆聽小女孩子與老人的對話，祂知道老人正想方設法籌取贖金，祂知道老人會願意出賣自己行將就木的軀體為山老鼠集團盜取木材，甚至是其他不可為之事。老人剩餘的壽命寫在他忘了扔棄的一張未中獎彩券上方，並且由於命運之故始終被攜帶於老人隨身不離的腰包襯裡，對流氓神來說，這是再明顯不過的暗示，通常在人們的一生，會出現幾千萬次類似的暗示，但人們不懂得解讀。好比說，老人購買的彩券是大樂透，而老人恰好有一隻名為樂透的狗，那隻狗的母親曾經誤食農藥而慘死。光是這樣或許仍然不夠，所以那個數字曾經在老人年輕時出現過一百多次，每一次都和毒藥有關，他誤食的第幾顆倒吊子，他一天中拾得的最後一隻麻雀是被毒蛇咬斃，他第一次使用農藥的日期……無論如何，老人從未發現，流氓神於是也沉默不語。

老人再度上山以後，流氓神跟隨小女孩子進行她每日的工作，直至陌生男人偷偷溜進工寮，把玩播音機，他要小女孩子唱歌給他聽。當男人說完黃金河的故事，小女孩子又唱完了歌，流氓神的皮膚爆出火花，發出劈哩啪啦的聲響，令祂全身發癢。

祂知道自己不是受男人的故事吸引，而是因為小女孩子歌唱的聲音，她的聲音裡流漏不可錯認的祈願，期許一種更好的生活，若果得不到，死亡還更好些。那聲音提醒流氓神，祂尚未完成小女孩子的願望。

流氓神厭惡因此帶來的搔癢，祂抬頭凝視小女孩子，但她已經和男人一道去看螢寶番荔枝，獨留祂在田埂中尷尬地劈哩啪啦。

不能否認，流氓神喜歡鞭炮在肉身上炸裂的觸感，倘若將來有人研究祂，即便不敢以文字或話語斷定祂是個有受虐傾向的神，也會在心裡暗暗地想。神轎上扮演流氓神的人類是替祂感受鞭炮的媒介，祂讓該名人類以為遭受疼痛，實際上疼痛是屬於祂的，當祂令自己深刻體會，祂的肉身便陷入出神茫然之中，無知無覺。

難以忍受皮膚搔癢的流氓神，終於認真地思索該如何實現小女孩子的心願，祂首先得令小女孩子的爸爸重回家鄉，其次，祂將穿戴那身可笑、有條紋的西裝外套，潛入小女孩子夢境，扮演一名散播親情的完美父親。流氓神如是思量。不過且稍等片刻，老人臨行前腦海中預想的目的地在流氓神眼中投射出一片灑滿陽光的金針花田，那份神性與靈感吸引了祂，促使祂窺探。

住在花田裡的女巫是老人的情婦。流氓神窺視老人的記憶，發現他們在一個颱風天相遇，老人身穿雨衣，沿著林道摘採山蘇，不知何時大雨如注，老人急忙下山，卻失足滑倒，順著濕滑泥濘的道路他掉進淺淺山溝，一醒來，迷迷糊糊地看見沿地生長發光菌，在樹蔭裡彷彿綠色的小人正舞蹈，他跟隨發光菌走了幾分鐘，突然在撥開的闊葉林枝葉外看見一片無邊無際的金針花田，神奇地，闊葉林內依舊滂沱大雨，闊葉林外卻陽光明媚。

老人行走在溫暖和煦的原野上，抬頭看見颱風中心的孔洞湛藍透亮，周遭雲層快速飛旋，他聞到一股糯米飯的香味，不禁跟隨香味走向位於花田中央的屋子，那幢屋子，看上去並不像石板屋、木屋或茅草屋，也不像磚房、水泥毛胚，它只是一方最平凡微小的屋子，走在任何地方你都不會注目，唯一的特點是，小屋沒有門，是以老人便直接跟隨糯米香氣走入屋內。

小屋裡，老人看見一蹲坐地面忙碌的身影，小屋本身即是廚房，逸散著團團蒸煮小米飯的水氣，那人仰頭對老人笑了笑，是個年老的原住民女人，她的年邁甚至連老人都不禁將她視為母親。

走進屋內以後，外頭反而傳來了陣陣雷雨聲，老人順理成章地留在屋子，他幫她用氣味芬芳的葉片包裹米飯，製作成可口的食物。吃完飯，他們靜靜地坐了一會，原住民女人始終微笑，坐在一張藤椅上，舒適地閉上了眼睛。這給予老人觀察她的機會，老人仔細地看，她黧黑垂皺的臉面，她幾乎長及地面的黑髮，裡頭爬滿鮮紅的頭蝨，乖巧地與她同眠，她穿著最普通的棉布衣裳，將一枚小米酒寶特瓶當作珍寶般擁緊，她光裸的腳很小，龜裂而長繭，放鬆張弛的模樣看上去比主人更早入睡。

不知為何，老人看著這畫面，就再也不想回家，他想一直待在這裡，身處進屋前是晴天、進屋後則是雨天的小小房子，想一直看著這名平和的原住民女子，睡著時微笑，睡醒時蒸煮米飯。可他沒有足夠的勇氣為一時的衝動離開結褵半生的髮妻，所以他只能悄悄離開屋子，心懷苦澀地下山。

老人回家後和別人提起這段遭遇，他的朋友笑說可能是吃了誤以曼陀羅葉包裹的阿拜，導致他幻想，可他知道不是幻想，有些真實事物原來就比想像的東西更離奇。往後若有機會，老人便藉著各種理由上山，尋得隱藏於闊葉林裡的路徑回到灑滿陽光的金針花田，他一語不發走進屋裡，靜靜和原住民女子作伴。

流氓神聽見老人記憶裡，街坊間那幽暗的聲音，他們謠傳老人在山上有一名原住民女子的情婦，他們形容那名女子年輕貌美，是某部落的公主，又或者是女巫，據說她是個啞巴，據說她其實很老，外表卻很年輕，據說她其實很年輕，外表卻老朽不堪。

流氓神不著痕跡地退出了老人的記憶。

7

最開始小女孩子並沒有留意流氓神，爸爸逃走以後，媽媽不到幾個月也和她在月台上相擁道別，其後就是與爺爺奶奶相依為命的日子了，爺爺發現自己得了黃色病，他開始按著小女孩子的頭領她走進荒涼的果園。因為人之將死，老人是希望能有個年幼的孩子與自己作伴的，小女孩子則深知自己不過是弟弟的替代品而已。

男人彎腰研究螢寶番荔枝時，小女孩子請求他歸還價值三十萬元的農藥車，但男人擺手拒絕。他們一塊在黃昏的農園裡觀看螢寶番荔枝細瘦的枝幹，小女孩子同時向他著急地說明這種特別的果實，成熟後果皮呈現半透明，內裡果肉依稀可見，是她爺爺親手改良的新品種。小女孩子再也無話可說時，男人表示他必須得離開。

小女孩子決心要找回農藥車，即便沒有男人的幫忙，她仍然竭力尾隨他離去的路徑，身子搖搖晃晃，步伐零零碎碎。流氓神匍匐山坳，發現農藥車被改裝成爬山虎，早已顛簸鏽壞，推棄在一處懸崖底，那懸崖底又是機械的墳場，無牌照機車、竊取的農務機械殘破腐朽，是山老鼠們的廢墟。

小女孩子不知道，自己跟蹤到一半便被男人甩開了，他只是安靜地躲藏在山徑旁的五葉松後方，等小女孩子走過，她沒有發現。流氓神盤旋於男人頭頂，希望小女孩子能夠感受到自己造成的特殊氣旋。

小女孩子覺得寒冷，她避開驟起的山風一直走著，漸漸地，她腳下的土地變得平坦易行，樹木自兩旁退開，為一片美麗的金針花田讓道。小女孩子頓時納悶起來，在這片竟然可以望見地平線的遼闊原野之上，假如男人領先了她一百公尺，她也應當可以見到他渺小的背影。

此時小女孩子早將男人拋諸腦後，這片金色花田帶給她明媚的風景，她於是知道，這兒就是老人經常造訪的如夢家園。不知為何，小女孩子在這時想起一段待在山下的回憶：

她在奶奶家蹦跳著偷覷奶奶做飯，同時悄悄拾取原料的碎屑咀嚼，她猛然嚐到一種苦澀的植物，吐了出來，問奶奶那是甚麼。

「歐低啊。」奶奶回答，小女孩子憑著對台語的微弱了解，拼湊出了黑甜仔這種微苦的野菜，奶奶還說，必須被水燙過才足夠好吃。

「黑甜仔，聽起來像夢。」小女孩子嘀咕著，眼看奶奶以戴著金戒的手將夢燙一燙，燙出雜質和苦澀，拌入透明的黏棉秄加油快炒，小女孩子眼中，那道菜奇異地是禿頭鯊在黑甜夢海裡泅泳的景象。

小女孩子有段時間沒見著奶奶了，幾乎就和叔叔一樣久，她漫步在金針花田上，想著自己的夢，也想奶奶的夢，老人不在以後，奶奶可以隔著山上與山下的距離分享他的夢境嗎？

在工寮裡那張擁有汙黃人形的床墊上，小女孩子經常和老人分享他的夢境，而因為那是老人的夢，清晨時分小女孩子便會忘得精光；小女孩子的夢主題則多半是飛行。她看見山谷，會想像自己翱翔於稜線之上，她一面飛一面高歌，但在她的夢裡，飛翔總是需要努力，需要瞪著天空用力提起身體，以至於夢醒之後，她往往氣喘吁吁。

終於，小女孩子看見了花田裡的房子，從那扇彷彿是窗又或者只是破洞的缺口裡露出一隻黑得發亮的手臂，上頭佈滿樹皮般皺褶相疊的紋理，那隻手對小女孩子揮動，招呼她靠近。

屋子沒有門，可是小女孩子並不直接走進去，她在那扇窗下握住了那隻輕輕舞著的單薄的手，她握著那隻手，頓時感到十分的悲傷，說不清為什麼，悲傷不化為眼淚，反而化為尿水，突然間脹滿小女孩子的肚腹，她很想尿尿，只好放開那隻手，一瞬間，小女孩子聽見來自屋內黃色的語言，讓她知道，當她回家時會發現爺爺和叔叔都回來了。

小女孩子急急忙忙地奔跑回家，起初想的是爺爺和叔叔，但隨著離家愈來愈近，她眼前浮現廁所，老人建造於屋外一間由水泥漆成的茅坑，喇叭鎖永遠無法真正鎖上，小女孩子需要一邊拉著門，一邊蹲低撒尿。她一面奔跑，心中一面勾勒那番情景。

工寮外，樂透正一上一下跳躍，小女孩子呼喊狗的名字，走入工寮外的空地，樂透窩進空地邊的沙坑裡，這時小女孩子看見了老人，他站在臥房外洗手台上的鏡子前，仔細為一身便宜西裝打好領帶，小女孩子愣愣地望著他，老人說：「走，帶你去吃喜酒！」小女孩子實在太過驚訝了，而久未謀面的叔叔也從屋內走出來，同樣一身西裝打扮，除了眼角與嘴唇破皮瘀傷以外，他的眼神像看著很遠的地方，更是失了魂一樣，小女孩子想，過去的叔叔恐怕再也不會回來了，現在的叔叔對小女孩子有些疏離與憎恨，即便她小小年紀，卻已可以明白。

小女孩子被安置在小貨車裡，模糊聽著爺爺與叔叔的對話。

「爸，你真要賣掉這片果園？」

「本來就不是我們的，這是保留地，我們只是租用。」老人回答。

「租用的權利也很值錢。」

「不值、不值，這裡的不算甚麼，你沒聽說火車站前面那塊，賣了一億。」

「那塊地那麼小，能做甚麼？」

「哪曉得，聽說是要蓋旅館。」

「這片地賣掉，你的螢寶番荔枝怎麼辦？」

「一起給人家種算了，這品種的很特別，可以賣很好的價錢。」

「既然是原住民保留地，你要怎麼賣？」

「先過戶給有原住民身分的朋友……」

「又是金針花那邊那個？媽知道會怎麼說啊！」

「她早就知道了，走，我們快趕不上吃喜酒。」

小女孩子等到爺爺和叔叔都坐上車，而自己被擁在叔叔僵硬冷漠的懷抱裡，她才想起自己尿急。

再等一會。小女孩子想：等等就可以上廁所了。

婚禮位於山下一所國小，恰恰好就是小女孩子與弟弟曾觀賞電影的國小。由於國小跑道仍鋪滿紅土，在一陣陣東北季風的吹撫下，賓客們都在瀰漫的沙塵中用餐，淋上酸辣醬的炫彩九孔、具有減肥療效的油魚、烤雞，在煙塵瀰漫中閃閃爍爍，每一張圓桌約莫坐了三到四個男人和同樣數目的女人，他們無論男女全都噗噝噗噝地抽著香菸，一根抽完再點一根，「喀」、「喀」地將檳榔去頭嚼食，彼此搶奪廉價威士忌，或者趁對方不注意時把他的酒杯注滿。多半從事勞動與農務工作的居民，對塵暴幾乎滿不在乎，紅色的塑膠湯匙浸在滾燙的熱湯裡，四處奔跑蒐集裝飾用塑膠花的孩子、七彩遮棚風沙撫動，發出「咿呀」、「咿呀」的聲響。

此時放眼望去，紅土飛揚的跑道上充滿握手寒暄的小地方風雲人物，充滿噘著嘴走來走去的紅衣女子、一聽人說起笑話便做哭喪相的男人……小女孩子跟在爺爺與叔叔身邊，感到尚未進食肚腹便已飽脹，每走一步，尿水便好似即將溢出。

小女孩子坐上圓桌，看見奶奶早已落座，他們殷勤招呼著彼此猶如陌生人，奶奶倒了滿滿一杯果汁給她，除了爺爺奶奶和叔叔，其他人面貌眼熟但並不認識，大人們一陣哄笑後彼此敬酒，小女孩子抿了一口果汁，一名女人告訴她：「要乾杯。」小女孩子仰頭灌飽液體，開始感到體內搔癢，空塑膠杯再度滿上，又是敬酒，又是乾杯，她忍耐噓下所有濕意，無論來自哪裡。

始終看著一切的流氓神不明白，為什麼小女孩子不對老人訴說自己身體的痛苦，這中間有些甚麼是神所難解，小女孩子只是安靜地坐著，小口小口啜飲果汁，心中祈願著尿意能夠退潮，流氓神的皮膚隨之劈哩啪啦起來。

「新郎新娘到啦！」鞭炮震耳欲聾，美麗的新娘小女孩子從未見過，而新郎則是她的父親，那個曾穿著條紋西裝、跑路的爸爸，現下笑臉吟吟。不知何時回到太麻里，回到山下，也許就躲在奶奶家，這是爺爺不讓小女孩子下山的原因嗎？

爸爸在躲債期間居然又招惹上了別的女子，從此有了新的妻子，小女孩子亦有了新的媽媽。可是小女孩子等啊等，爸爸卻不曾來他們座位敬酒，新郎新娘交換過金色戒指，就像奶奶手上的那只，小女孩子看著為了向父親敬酒而盛滿的塑膠杯，終於忍不住了，她鼓起的膀胱讓她的肚子就像懷孕一樣膨脹，懷了滿肚子尿水，她忍無可忍地開始撒尿時，那些大吵大嚷的人還搞不清楚原因，只曉得起沙的地一下子平靜了，變得濕淋淋、沉重重，散發一股尿騷味，圍坐圓桌的人們四下尋找原因時，小女孩子吐出一口長氣，飢餓地伸手抓食桌上的炸丸子。

到那個時候，小女孩子終於真真切切地望見了流氓神，在她爸爸再娶的婚禮上，以及人們為這臭酸的婚禮爭相起身逃竄的人潮中，流氓神以一種不可思議的目光凝視小女孩子腿間溢出的黃色尿液，源源不絕好似永不乾涸，小女孩子緊緊盯著流氓神，彷彿問著：「看看你幹了甚麼好事！」流氓神短暫的神命之中，初次感受到一種名為歡悅的情緒，儘管祂是不能笑的，祂仍然暗自引火提早點燃另一串鞭炮，讓自己浸身於炮炸的安慰。小女孩子的尿液則追逐並包圍新郎與新娘，將他們逼上紅色塑膠椅，進退不得如同汪洋孤島，流氓神從炮炸中走出，傾聽小女孩子的內心。

祂沒有聽見那一聲又一聲的：把爸爸帶走，把爸爸帶走。

小女孩子髒汙的身體最後由爺爺與奶奶共同清理，她咬著嘴唇，是一種只屬於孩子的無辜。小女孩子牽起爺爺奶奶的手，頭也不回地離去。

在山上的家，老人重重地喘著氣，替小女孩子換上乾淨衣物，他們打包回家的菜餚有一半進了樂透的肚子，小女孩子一球一球吞食炸丸子，好似永遠也不嫌多。老人甚麼也不吃，他在脫去小女孩子身上溼透的衣服時一並換下西裝，他身著汗衫，將自己拼湊進床面的黃色人形。小女孩子舔食手指餘味，跟隨老人窩進床裡，年幼敏銳的鼻子察覺黃色氣味變得比過去任何時候都更為濃稠。

老人問：「小女孩子，妳看過螢寶了嗎？」

小女孩子說是。

「你甚麼時候看的？」

「昨天，昨天看的。」

「螢寶看起來怎麼樣？」

「不太好，它們以後結果，黃色的風吹過來，熱熱的，它們會都黑掉。」

老人領悟地同意：「是南風。」

「南風？」

「焚風，對果實不好。」

「你愛花田裡的女巫嗎？」

面對小女孩子突如其來的疑問，老人沒有回答，他有幾根肋骨在最後的工作中斷裂，但他自己並不知道，喜宴上，他和小女孩子是唯二忍受強烈肉體痛苦的人。婚禮過後，新郎新娘借用國小廁所清洗身體，小女孩子凝視父親，他正幸福著，世上所有苦難都只是任性的孩子，他沒有看自己的女兒一眼便和新娘搭乘禮車離開，小女孩子知道，他們將再也不會見面。

老人沒有回答小女孩子的問題，他睡著了。

流氓神知道這是老人此生的最後一次睡眠，他在夢中跟隨金色的小鳥，鳥兒們將他引領至鋪滿鷹羽的棺木，棺木外環繞著群鳥，牠們深深凝視老人，直到他步上通往棺內的階梯，他向後倒去，激起漫天鳥羽。他的家人魚貫走過棺木，小女孩子的奶奶伸出戴著金戒的手，一下一下撫摸老人的胸膛。

流氓神看到了這裡，倏地將自己抽離，祂聽見山上男人躡足的跫音。小女孩子從床上起來，因樂透的咆叫走出臥房，男人等在林中黑暗，他說：你們明天要趕快逃。

小女孩子問：「為什麼？」

「他們要來討債，原本綁走你叔叔，這次，他們也會帶走你。」

「甚麼時候呢？」

「白天，天一亮就會過來。」

「小偷和強匪最後有找到黃金嗎？」

男人看著小女孩子，考慮許久，最終他說出故事的結局。

小女孩子暗暗在心裡許願，希望故事能成為真的。

黑暗中傳來劈哩啪啦的聲響。

8

他生前就是個硬漢，死後也是硬梆梆的，炬睜著眼，倒不像對人世仍有眷戀，而是試圖仿效石頭的質地，向世界強調他的存在，必須被亙久地記得。

老人在棺內時發現自己無法動彈，曾經他走過群山，現在則無奈地被困在這兒，這小鄉鎮、小老祖厝、小棺材、小乾癟軀殼，他聽見家裡那口老鐘整點時敲出的脆響，他憑著最後的生前記憶，估計差不多三點了，但鐘敲過了三下，還是持續地敲下去，敲過十二下、二十四下、三十六下，不可能的，已經是七十八點鐘，而這一日仍在往後延續。

小女孩子正為他唱最後的歌，伴奏的是澄黃橙黃的引磬一只，那引磬的聲音像極了老房子裡的老時鐘，於是她為他敲出了近於無盡的小時。

他躺在棺材裡的時候，舉屋靜默，悲哀和困惑沒有出路。而他對這樣的狀態暫且感到舒適，身邊成捆的衛生紙如鷹羽柔軟，他為自己的結局如此英雄人物十分自豪，身上沒一個令他丟臉的傷口。他想：也無病無痛。他剛得意，門外突然傳來熱鬧歡騰的喧囂，是遊行，還是炮炸寒單爺呢？直到震耳的炮響截去小女孩子的歌聲，炮成為一枚破空而來的子彈，深深鑽進他體內深處，他疼得瑟縮，子彈滾燙地鑲在他心口上。

不知誰說：「現在開始遶棺三圈，可以和爺爺說話，撫摸他，握他的手，這時候難免會難過，可以哭，但不能讓眼淚落到棺木裡。」

小女孩子的眼淚恰好落到棺木中，恰好掉在他被子彈破開的傷口上，他終於感到舒服很多，淚水舒緩了他的疼痛。

他看著棺木周遭的人群旋轉，頭頂的天空也旋轉，他身上的傷口流出淚來，他忽然可以移動手臂，便伸手按壓傷處，那兒並沒有鹹鹹的淚，只有颱風來臨時的暴雨。

這是一場奇觀，陡然間他不在棺木內，而是站在山林裡的叢草間，面對席捲荒山的豐沛雨勢。痠痛的肌肉告知他已經久立了好一段時間，他卻沒有任何記憶，他撫摸胸膛上的槍傷，意外於自己原先虛弱泛黃的老朽病體竟重回壯年時強健體魄，他撫摸自己，一遍又一遍，暗想原來這就是死後世界。這時上方崖邊突傳來搜索的吆喝，有人在找他們，是的，他們，一隻手重重放在他肩上，他轉頭，對上一雙清澈的黑眼珠。

搶匪和小偷肩並肩、背靠背，沒遭到槍擊的手握著沉重槍枝，他們喘息著，小心翼翼在雨聲裡辨別追兵的腳步。

至少我們最後找到了黃金。

沒錯。

他們笑起來，視線不約而同投向不遠處災難般的黃金之河，興奮得全身發抖，雨滴沿著他們的鼻樑與下巴滴落胸襟，一顆子彈打落小偷的晴雨帽，他們被發現了，只能往河流下游逃跑。

大雨令河水暴漲，河流中浮泛著無數漂流木，在過去，居住這兒那些古老的人們透過自深山流下的斷枝理解時間，那緩緩流逝的年歲，五十年的肖楠木浮動莽撞，五百年的紅檜色澤如血，小偷與搶匪被逼至河邊，再也無處可跑，而追捕他們的人愈發靠近。

只好如此啦。他們義無反顧跳入河中，俐落地在滾動的漂流木上跳躍，也在浮沉的年歲上跳躍，五年的松木，十年的七里香，一百年的台灣櫸，偶爾，一段分崩離析的牛樟承載千年的時光漫流而下，穿過憂傷與死寂，他們遂也踏上了千年。潮濕黝黑的牛樟木堅實硬挺，他們背對彼此，平衡水上搖盪，旋轉間精準射擊後方追兵，展開黃金河上的大逃亡。而他們是如此沉醉於蹦跳浮木的槍戰，渾然不覺隨著他們從上游至下游所越過的每一根浮木，其中隱含的時間亦緩緩在他們身上留下刻痕，不久之後，他們曾跨越的年歲便有了一百一十五年之多。

站在千年牛樟上，小偷和搶匪面面相覷，出口的第一句話就是已轉變為蒼老粗啞的「幹恁娘」。難以置信他們驟然間變得如此年老，可不知怎地他們並不感到絕望悲哀，只是可笑。他們面對對方，指著彼此臉上垂掛的皮肉和皺紋，忍無可忍放聲大笑。他們邊笑邊感到筋疲力竭，出於某種直覺，他們知道最好別跨越腳下堅實沉穩的千年老牛樟。直到老牛樟載著他們擱淺於河流下游，他們便抱著樹木在匯集雨水的泥巴裡滾得渾身髒汙。

追捕他們的人沿著河岸經過，沒有認出這兩個老頭子就是他們亟欲抓獲的通緝犯，甚至當兩個擁抱樹木的人是瘋子，為了不被傳染上瘋病，追逐的人馬火速離開颱風侵襲下危機四伏的河谷。

小偷與搶匪笑了好半天，才從泥巴裡爬起來，此時暴雨消逝，山間回歸祥和，遠方海平線延展一片鮮紅晚霞。他們支撐彼此槍傷且疲憊的一百多歲身軀，暗自向不久前年輕的自己道別。

對他們來說，山下已是更加危險的地方，群山間的神祕正朝他們招手，那又是另一條有去無回的亡命之途——在許久的未來，還會有無數與他們命運相似的人踏上這條路。

他們下定了決心。只是臨走之前，搶匪仍眷戀地望了最後一眼山下土地，彼時一陣來自南方的熱風呼呼地吹，朦朧難辨的黃昏中，山腰處的農家果園彷彿有小女孩子和狗，正全心全意地朝未知狂奔而去。

貨車男孩

漂浮的子彈

男孩從今天起開始為自己從未呼喚過父親的男人準備行囊，他們以狗骨仔製成的長矛、腰帶番刀、無線電、一整個保特瓶的生米、香菸和檳榔，他將所有東西放到貨車車斗上，他住在車斗的防水布裡，而那個男人住在工寮內，等於把一整輛車給了他。

他們預計天一亮就出發，所以男孩開始計算。山裡清晨經常起霧，很難感覺到太陽的光芒，男孩在車上穿起他的小雨靴與鵝黃雨衣，他想到車下玩泥巴，然而這個時間點那男人隨時會醒。男孩於是看向養在峭壁邊的母山豬，去年秋末他們捉到還只是小豬的牠，那時牠身上有著白色的橫條斑紋，男孩和牠作伴幾個星期，直到牠褪去斑紋開始愈長愈大。

幼時的山豬聰敏而可愛。男孩想。但是看看牠，長得愈來愈大，養在籠子裡，淤積的糞便中，只要有人走近，即便是他，母豬也以為是有食物要給牠，牠會抽動肉感且覆有黑斑的鼻子加以探詢，幾次以後，男孩痛打母豬脆弱的鼻翼。

「你在幹甚麼？」父親這時醒了，從屋中走出來並捕捉到男孩的視線，他又問了一次：「你在幹甚麼？」

男孩搖頭。

父親攀住車緣跳上貨斗，檢查男孩替他整理的行囊，淡漠的面孔看不出是否滿意，男孩望著他翻動的手，上頭汗毛覆密，清晨微雨之中男人的側臉點點水珠般的銀色鬍髭來回閃動，男孩看見他停止動作，下車，到屋內拿了一束沖天炮。

「拿好。」父親將沖天炮交給男孩，男孩被遺留在貨斗上，與行囊一起待在防水布下，父親打開車門坐進駕駛座，發動引擎，壓著粗礪的碎石聲響離去。

這是男孩第一次參與，那夥人他幾乎一個都不認得，只有父親的老友阿德伯，蒼白的老臉上安一個大紅鼻子，父親曾說阿德伯是他的娛樂，男孩見父親離開圓圈到樹林角落找阿德伯，兩人交易大麻，一克八百塊上下，不過父親通常會多給兩張，讓阿德伯下山時有能力帶點野味回家，給他行將就木的老母親打打牙祭。

結束後，阿德伯帶著溢於言表的快樂走向男孩，他稱男孩「阿弟仔」，問他：「你爸爸終於要栽培你了是嗎？」男孩沒有回答。

幾個男人坐在密林陰暗處抽大麻菸，其中一個男人叫來男孩，從旋開螺絲的車尾燈裡拉出兩管槍桿，男孩接過尚未組裝的槍枝走回父親的貨車，把槍藏進防水布下。那裡是我的家。男孩想：現在裡面充滿他們的秘密。

父親在遠方說：「喂，過來。」男孩仔細蓋妥防水布走向由男人們圍成的圓圈，父親伸長手臂，幾乎可以環繞整個圓圈的長度，小心翼翼地圈住了男孩的肩膀。「來試試？」父親將菸捲一端塞入男孩嘴裡：「一點點就好，來。」男孩順著父親的話彷彿吮飲般啜了一小口，他失敗了，甚麼也感覺不到，至少不像此時籠罩於圓圈之中的模糊氛圍，讓男人們莫名地止不住笑意。於是男孩再接再厲，用力吸入直到腮幫子鼓脹，溫暖而朦朧的光暈頓時籠罩住他，男孩雙腿發軟，慢慢地滑落在地。

他聽見父親所在的圓圈中爆出大笑。

「他幾歲了？」

「七歲。」

「很好、很好。」

他們交換白色塑膠杯飲用大罐保力達藥酒，隨著天光逐漸傾斜的角度，男孩聽見「雜種狗」的叫喊。自從父親聽說山底下有農民和養狗場合作，從國外引進獵犬配種以驅趕山豬，父親便和他的朋友們商量也弄幾隻狗來用用，一次喝醉後，他們到山下撿了一窩小野狗送給查海，讓這個不會說話的山地人幫他們養狗，養出來的狗能自在地行走山路，然而全身上下充滿空洞，眼睛是空洞，叫聲是空洞，肚子更總是空洞。父親便和其他人稱牠們為「雜種狗」。

查海黝黑的膚色在一群從事體力勞動的男人中並不顯眼，男孩卻對他明亮深邃的眼眸印象深刻，查海光腳將雜種狗們驅趕過來，狗群偶爾低吠，循著人類的氣味眼巴巴地等著食物，他們看見一隻公狗正在「騎」一隻母狗，父親朝牠們扔石塊：「真他媽畜生。」

男孩細數狗群數量，有三隻黃狗、兩隻白狗、兩隻黑狗和三隻雜色狗，白狗是最容易受到野獸攻擊的，過去他們原本有五隻白色，現在只餘兩隻。

一隻黃狗湊向男孩舔他的手，圍成圓圈的男人們尚在商量工作分配，由父親與幾個較有經驗的男人組成更小的主事圓圈，他們言語低微，好似山嵐撫過樹梢的顫音，其他聽候差遣的同伴三三兩兩聚集閒聊，也有幾個開始把狗裝入狗籠上車。阿德伯正試著將一些藥錠賣給查海，查海不懂得拒絕，但顯然毫無意願，男孩察覺黃狗正在啃咬他的手，溫熱的口腔分泌出濕漉漉的唾液，一點也不痛，只是出於好玩。

「他根本不講話，你還強迫他？」一個男人，戴著一頂破破爛爛的晴雨帽，腰間掛著番刀和對講機，五官很陌生，他注意到男孩的目光，舉起手做了一個動作，那個動作同時包含了將男孩推開與召喚的種種意思，男孩選擇甚麼也不做。

「阿弟仔。」阿德伯對男孩下命令：「你過來聽，不是很喜歡聽故事嗎？你這小孩子。」

男孩靠了過去，此時他們落腳的闊葉密林頂端再也無法承受愈發兇猛的雨意，雨水嘩啦啦地下在圓圈中央。戴晴雨帽的男人從懷裡掏出一包檳榔，「喀」的一聲剝除蒂頭，咀嚼一會，吐出第一口混雜石灰等物質的檳榔汁。「接下去的就好吃多了。」他對男孩好奇的眼睛進行說明：「但第一口，第一口要吐掉，那是有害的。」他拿了一顆檳榔詢問阿德伯和查海，兩人接受後輪到男孩，男孩搖頭婉拒。「以後還有機會。」男人咧嘴，笑得一口鮮紅。

「你是誰？」男孩冷不防問。

「我是你爸的朋友，叫阿強。」

「阿強叔。」男孩說。

「他被關過的，知道很多事。」阿德伯含糊地道。

男孩好奇地看著男人。

「我之前不往山上，我之前，在海邊。後來風災水災把山裡的木材沖下來，你有見過嗎？沙灘上都是木頭的樣子，我們會去撿，我本來是捕魚的，有時候到很遠的地方捉一種大鮪魚，但是那時候木材價錢很好，我們第一次知道有這種東西，你爸後來幫我介紹，海邊的拿完了，山裡面還有。」

樹林外的雨聲驟然變大，致使他們停頓幾分鐘，阿德伯抽出腰間的番刀砍斷一葉姑婆芋，將寬圓的葉片倒放在頭頂遮雨。

「然後呢？」男孩以一種急切的態度追問。

男人目光渙散，好似檳榔裡加了甚麼藥一樣：「小孩子，你看過漂浮的子彈嗎？」

「沒有。」男孩掌心圈緊口袋裡的一小束沖天炮。

「我跟過一艘捕鮪魚的大漁船，到幾乎菲律賓與我們的邊界，幾百呎的緄剛放下去，馬上就被他們發現，一直追到恆春附近咧，還看不到陸地的時候，船長已經讓船自動駕駛，我們都跑去躲船底下的暗艙，幹恁娘，擠得要命，我和船長抱在一起，然後他們就開槍了……」說到這裡，他吐掉最後一丁點檳榔渣，點了一根菸：「我和船長待在底下，看著外面我們原本站的地方是一片白白、灰霧的形狀，隨著船身波動的形，然後他們開槍，砰砰砰砰，我們在下面動都不敢動，我看見那片白白、灰霧的形狀中間出現一些模糊的流動，出現一些痕跡，我再仔細看，發現有兩、三顆子彈劃破空氣，在半空中漂浮，好像我只要伸出手去抓，就可以把那顆漂浮的子彈抓在手裡……」

「為什麼會那樣？」男孩問。

「船長說，是因為他們發射的子彈太多了，你有沒有看過卡通片？沒有？為什麼不叫你爸爸帶你去？……那就像卡通片一樣，因為太多子彈經過相同的軌道，在人的眼睛裡形成只有一顆子彈暫時停止的畫面，我差點伸手去抓，差點整隻手被打爛，後來船長罵我罵得狗血淋頭。」

男孩肅穆的諦聽，渾然不知包括阿強叔、阿德伯與查海等所有男人，均已被父親叫去身旁集合，他們已經分配好彼此工作，只剩男孩毫無用處，阿德伯和父親毛遂自薦，要帶男孩把風，男孩很快注意到他們對他的為難，既想帶他，也不想帶他，帶他好像被盤查的機率會小一些，不帶他也就少了要教導、保護的累贅。

父親沒有答應，他要查海和阿德伯一起到山地人家裡守著隘口，看情況怎樣再無線電聯絡，他們講定無線電頻道的時候，男孩被父親分派給阿強叔，而阿強叔一方面也是父親的拍檔，父親說阿強不常上山，他要帶著他。

剩下的男人們倆倆分配好開貨車和爬山虎，前導車先去巡過一遍以確定安全無虞，父親說：「上車。」男孩立即爬上貨車貨斗，熟練地躲藏進防水布中，與冰冷的金屬作伴。

阿強叔上了副駕駛座，父親驅動貨車開始行進，白晝杳無人跡的雨霧隨風飄移，男孩眼裡映照著山谷間碩大龐然的筆筒樹，讓他有種遠古的錯覺，繁雜的山雀鳴叫隨著他們的經過變換行蹤，突然男孩站了起來，緊握住把手凝視道路前方的大型鳥類。

「藍腹鷴。」他聽見阿強叔說。而父親已然用力壓下油門，在貨車即將撞上那種奇特的鳥時，牠們飛走了，男孩的父親與阿強叔放聲大笑。

他們往山頂移動，周遭的景色變得枯槁而荒涼，滿山盡是噴過藥的黑草，他們沿路尋找獵物的蹤跡，男孩聽見父親教阿強叔怎麼分辨野狗的腳印和山羌的足跡。掘深的泥洞、嚼爛的根莖類和被壓倒的玉蜀黍枝幹則都是山豬，緊接著他們注意到某種痕跡，男孩覺得那像是自己光腳時踏在泥地上的腳印，只是更為纖細。

父親和阿強叔交換一下眼神，把車停妥在山道邊緣，男孩並未猶豫是否要下車，他待在車上，理解到他們正在接近稜線的地方，山頂的空氣冷得刺鼻，父親和阿強叔兵分兩路尋覓獵物的走向，男孩看著父親沿途摘取山蘇和龍鬚菜的背影，阿強叔倚著父親的長矛，將尖端深深紮入大地，遠遠向深山望去。

他甚麼事也沒在幹。男孩想：他正在偷懶。

男孩這麼想時，阿強叔回頭看他，男孩便又躲回自己的防水布中。他們的貨車之外，一顆外葉被凍成銀色，美麗盛開的巨大高麗菜正向男孩展現——他們身處於一片色彩斑斕的花園，這讓男孩想起不久前自己與父親相依為命的時候，一個夜晚，他拖著一整個痲袋的番石榴走向被餵養於峭壁邊的母山豬。母豬棲身的獸籠十分狹窄，讓她毫無回身之地，男孩在獸籠的欄杆間擠壓番石榴直至它們裂開、散落在布滿尿糞的籠底，母豬便低頭咬食，偶爾以前肢壓住過大的碎塊，再用牙齒絞碎。男孩餵完了所有的番石榴，慢慢在獸籠周遭踱步，他經過母豬身後，陡然間意外地見到母豬臀部間的裂縫，那正在排泄出青色糞便的肛門下方，竟流出一股一股的鮮血，男孩想：那肯定是一個傷口，只是不知在何時受傷？

男孩探出顫抖的手指進入母豬的傷口，擠壓出另一股黏膩的血液，男孩重複著挖掘的動作好擠壓出更多的血，可是與男孩心中想像截然不同，流出血的母豬深處並沒有比男孩身處的世界更加溫暖，他所感覺到的只有陰冷、緊小的狹長甬道，一抽一縮地包圍他的手指，男孩的父親從屋裡出來的時候撞見這一幕，大聲喝問他：你在幹甚麼、你他媽在幹甚麼？

男孩回答：「沒有。」他取回自己即將凍傷的手指，謹慎地藏在自己外套口袋。

「狗娘養的小雜種。」父親咒罵著將他痛打一頓，就好像男孩也會趁父親不注意時痛打母豬。父親說，養母豬是為了讓她秋天發情的時候可以一下子吸引很多公豬來打炮，男孩不曾過問那所代表的意義，只知道母豬的陰戶吞進他手指時被迫發出響亮的嚎叫，因此引來了父親，而那真是十分有趣。

那真是十分有趣。男孩想。

他們現在停留在這片美麗的花園裡，阿強叔無聊地摳挖一塊大石上的蘚類，不久前，他試著採集地面散落幾瓣山底下被稱為「情人的眼淚」的可食菌藻，然而被父親發現了他的所作所為，父親嘲笑他撿拾如此破碎而骯髒的東西，兩人接著交換了獵物可能的行進方向。

「也許牠繞了一大圈又回老窩去了。」父親說。

阿強叔不置可否，他們上車，沒有理會男孩，父親逕直將貨車開往山的另一頭。

男孩在防水布裡長時間地感受槍管斜靠著他那份親暱與冰冷，他的父親從來沒有擁有過相仿的造物，它們很沉重，幾乎就和男孩的重量一樣多，他藉著陰影窺視實心木槍托，以及保險桿上微弱的反光，剛才父親走過車邊開門時，男孩聽到他口袋裡喀啦作響的子彈，那好似是海邊鵝卵石被浪潮翻捲的響聲，父親口袋裡一整個海岸綿延的響聲，在男孩心中寂靜地漂浮著。

男孩緊握手中的沖天炮，防水布外約略透漏一點兒陽光給他帶來照明，他閱讀沖天炮上的說明文字，但甚麼也讀不懂，只從早先他們圍成圓圈等待開始時男人們投給他的眼神了解到這是一種用於取樂的東西。

從來沒有人給過我這種玩意。男孩想。

就在這時，駕駛座旋開的車窗內飄出一陣蒼白的煙氣，同時間帶來無線電的信息，是一個男孩從未聽聞的聲音。

「他們決定在稜線下面放狗。」父親以下巴指向山腳：「縮小範圍以後，確定在那附近。」

「最好『雜種狗』能捉到。」阿強叔說：「不然晚上就燉他一隻來吃。」

他們在山的稜線處停穩，父親下車時隨口向男孩問了一句：「我的刀呢？」

男孩愣住了，發出介於嗚咽與辯解的細小噪音，企圖指出父親腰際正配帶著那把用於殺戮的短刀，父親注意到了，從刀鞘抽出刀，男孩不明白，為什麼沒有人到防水布底下取用獵槍？

狗群的吠叫遠遠傳來，父親與阿強叔不動聲色，狗吠聲極為分散，男孩依然待在貨斗裡，他看見一隻狗叼著某件物事從樹叢中輕快地奔跑出來，牠叼著一隻死去小猴子的腳，讓牠可憐的身體在空氣裡晃盪。其他幾隻狗跟隨而至，牠們互相爭奪小猴子的四肢，很快便將小猴子扯得七零八落。

「一群狗娘養的畜牲。」父親說。男孩想：他老早就把這話說過不下千萬次了，一群狗娘養的，他也是，我也是，每個人都是。但父親緊接著續道：「只會追那些沒有用的東西。」男孩猜想他指的是皮薄肉少的小猴子和竹雞一類，毫無價值也毫無挑戰性，狗兒們追逐著抛接小猴子的屍體，男孩隱約地近乎想像般聽聞母猴在樹林裡哀泣。

無線電傳來幾個簡短的催促，男孩起初並不在乎，但父親與阿強叔都豎起耳朵仔細聆聽，他倆一下子鑽進一叢芒草，激起幾縷蜘蛛的絲線在空中飄飛，男孩幼小的心臟跳動得比平時更快些，他感染到父親熱烈的情緒，知道也許是獵物近了，只有這時候，他才會下車。

男孩足蹬亮皮螢光雨鞋，劈哩啪啦地走過一道入雨的泥濘，他抬頭仰望頂端的懸崖，那兒傳來父親與阿強叔聽不出憤怒的咆哮，像是對他們愛著，卻並不喜歡的一件事。男孩在懸崖下，許多狗順著同伴的叫聲與獵物的哭號生疏地爬上懸崖，男孩眼中，那些狗是帶著期盼與欣喜的神情跳上石壁，那模樣比父親他們看來要殷切得多。男孩想：而那真是一處很高的懸崖。

隨之一大滴狗的雨珠從山巔往下墜落，各種顏色都有，黃的、白的、黑的、雜色的……團團圍繞位於牠們中心的某個點向地面墜落，遇到硬實的地面時才轟然潰散。

狗群顯然對於已經失去反抗能力的獵物不再感興趣，率先咬上的老狗們早就不管不顧各自離去，豎起鼻子鎖定查海山地人的家。幾隻後來的狗不甘心地啃咬獵物頸部，但獵物除了瞪著男孩站立的地方以外，無法繼續衝撞。

「你有沒有看到？」父親從懸崖下來了，安然無恙，阿強叔跟在後頭，晴雨帽鬆鬆地掛在耳後，一句話也沒說。

「你有沒有看到？」父親又問了一次，這會男孩確定父親不是在對阿強叔說話，男孩點點頭。

「牠已經死了。」阿強叔強調：「被你爸刺死了。」

「從哪裡？」男孩問。

「腋下，直接插進心臟。」

男孩小心地靠近獵物，查看牠的傷，在牠前肢側方確實有一劃簡潔、不明顯的傷口正汩汩流出暗紅濃血，表示這一刀下得有多麼凌厲，男孩趴到地面嗅聞獵物身上的臭味，那是他永生難忘的味道，一種好吃的食物尚未加工前野蠻的腥羶，男孩看著獵物凝止不動的褐色眼珠，上頭沾染了一些與「雜種狗」打鬥時留下的塵土，牠皮膚毛髮不多，軀體白皙而滑膩，父親與阿強叔一同將獵物抬上貨車時，被甩上車的獵物身上揚起了幾尺高的黃土，乍看之下像光，光在忽大忽小的雨中扭曲，像獵物不屈的鬼魂，那幾尺高的黃土數十分鐘都沒能落定。男孩轉而注意到獵物的腹部依然起伏，一下、一下，直到吐出最後一口長氣。

「別看了，小子，已經死透了。」阿強叔說。

男孩執拗地搖頭：「還沒有呢。」

「你說甚麼？」父親從駕駛座高聲問。

男孩說：「牠還在呼吸呢。」

「牠已經死了，你這個狗養的白癡。」

男孩不再回答，父親他們回到車內，留下男孩和仍偷偷呼吸的獵物作伴，他們停車地方有一棵頎長的猩猩木，靜靜地落下一尾鮮紅的葉片到男孩身旁、獵物側方，那葉片襯得獵物的血更加明亮。

你正在呼吸不是嗎？男孩想。

車子狂亂地顫抖，喀喀作響滑入山徑，靜止不動的獵物浸在雨中，男孩望著獵物致命的傷口處漸漸失去顏色，剩下一道痕跡，好似塑料刀在紙黏土上的壓印。

那傷口處不再流血，倒冒出串串透明泡沫，男孩用手壓住傷口。

阻止你用傷口偷偷呼吸。他想。

雨讓男孩寒冷，他壓著獵物冒出氣泡的傷口，同時因那接觸感到舒適，他打了一小會盹，等他再睜開眼，他們與空蕩蕩的小貨車置身於花園。

那是一座陽光璀璨、開滿金針花，而高麗菜銀色綻放，閃閃耀眼的樂土，阿強叔愣愣地坐在他身邊抽菸，男孩的父親暴跳如雷。

「怎麼回事？」男孩問。

「牠跑了。」阿強叔說：「獵物跑了。」

「那我們現在就沒事了？」

「也許吧。」

男孩沉思一會，他問身旁的男人：「你真的見過漂浮的子彈嗎？」

阿強叔還來不及回答，父親便隔著幾株油菜花對男孩眨眼，他眨著眼，親密而且好像在笑，一瞬間讓男孩意會過來，他終於等到了。

想看看子彈。男孩懷著願望從防水布底下抽出兩段式組合獵槍，興沖沖地跑向父親。

「好好看清楚。」父親將獵槍的槍托部分搭在彎曲的膝上，困難地扳動一枚銀針圈，槍管與槍身拼湊起來，至口袋中取出圓柱形子彈，塑膠彈管隱然可見填塞的火藥，父親拇指摩擦著粗糙的塑膠底端，讓它們乖乖滑進槍管，他拉下擊錘，瞄準花園下雲靄飄搖的森林，倏地開火，響亮而筆直。

男孩目瞪口呆，父親嚴厲地盯著他：「你怎麼不去玩你的沖天炮呢？」

男孩終於記起自己曾經被親手交付了一綑小小的沖天炮，他回到車上，找到那綑沖天炮，並向抽菸的阿強叔借了火。隨後，男孩開始奔跑。

他必須跑到一個合適的地點，可以吸引許多人的目光，他劇烈地跑動甚至到了渾身顫抖的地步，後來他找到一塊空地，距離產業道路很近，而風向、雨水也影響不到的闊葉林裡，他在那裏點燃自己僅有的第一根沖天炮。

「咻」地一聲，沖天炮穿越雲霧直飛上天，轟然炸裂。很醜。男孩想：可是是筆直的。

雜種

男孩默數著日子，等待十月到來。

父親表示母山豬將在中秋過後發情，屆時他們會帶母豬到上風處，埋伏制高點等待雄豬。男孩記得父親最後說，也許會給他一整顆豬頭，但男孩只希望能有機會開槍。

車斗另一頭有個籠子正發出細微噪音，裡頭裝著男孩的同伴，那是比男孩更小的小小人，父親在一個月前捕獲並交由男孩照顧。

此時男孩從防水布底下窺視父親及其朋友的聚會，晶亮的眼睛快速地移動，黑暗中他們升起火焰，飲酒作樂。

聚會上有一名女人，男孩始終只看著她。

他從來沒有見過女人，所以起初有些說不出口：女人、女的、女……直至他的父親摸了女人屁股一把，說她是「母狗」，男孩這才有了真實的想像，其他男人也隨之說她是「母狗」或者「番婆」。

她是原住民，男孩意識到，好似查海那樣的人，黝黑而五官菱角分明，黑白雙色的眼珠子在黑暗中也會亮晶晶。這名原住民女人在火焰之外微笑，對男人們的戲弄不予回應。她並不年輕，約莫四十歲上下，嘴角的笑容浮泛細微紋路，像樹皮上的縱深。她靠著狗車車體，上半身藏匿於陰影中，赤裸布袋般的胸脯，下半身彎曲褐色腳掌，她有長長的黑色頭髮，裡頭已經參雜了些許銀白，爬滿鮮紅的頭蝨，有人遞給她香菸或檳榔時，她從不拒絕。

她有可能是這臨時組成的團體裡某人的妻子，但當男孩這麼設想，陡然間所有人都像是她的丈夫，又或者，她確實就是所有人的愛人。

男孩的父親在酒精的作用下紅了脖子，他隔空對女人做了暗示，女人便伸手從狗車的籠子底部撈出兩隻比特幼犬，提著小狗走向男人們包圍的中心。

上次狩獵以後，父親與阿德伯嫌棄山地人查海養的雜種狗不會看顧獵物，據說，他們給了查海一點兒「教訓」，山地人便逃跑了，留下一屋子被毒死的雜種狗。

父親說：反正是雜種，不要也罷。他們前往查海曾工作過的山下養狗場，找到新的養狗人，叫做高犬，準備拉他入夥。男孩的父親說：「他是智障。」僅僅因為高犬不太會講話的緣故，男孩後來知道，高犬並非不會講話，而是他左邊的耳朵因年輕時長期在工地導致突發性耳聾，身處人群之中，高犬聽不懂眾人高亢的爭論，他就將右耳壓在鋪滿枯葉的地面，閉上眼假寐。

「真方便哪。」阿德伯等著女人擺弄小狗時說，並且伸手拍打高犬裂痕密布的臉頰。

男孩見一隻原本在林中休息的藍斑獵犬湊近舔舐高犬脫皮的手，吸引其他獵狗上前爭食沉睡男人手背上的褪皮。高犬除了耳聾以外，也患有嚴重的皮膚病，無關季節地一圈圈褪皮，令狗群經常興奮急切地舔食，男孩的父親說：「就是因為你讓畜生吃你，牠們才長那麼好。」高犬這智障一點也聽不見，他把右耳壓在下方，橫堵整個世界。

男孩看著男人們交換眼神，談笑的話語隨夜色漸深參雜愈來愈多髒話，男人們夾著香菸的手指狂暴地揮舞，火焰映照下一張張臉也愈顯猙獰，並漸漸泌出豆大汗滴。男孩的父親於是朝女人吆喝，催促她快點。

女人微笑，她的微笑比火焰更亮，而且傾其所有，是全心全意的，令男孩有些想哭。

阿德伯猛力搖晃高犬想把他叫醒，然而智障深深地睡著，一無所感，有人於是脫了他的褲子，拿打火機燒他皺皺的雞巴，高犬立刻跳起身來發出吼叫，他不斷地跳著彷彿著火的是地面。男人們哈哈大笑，男孩也笑了，父親對高犬表示他們要玩他的小狗了，高犬咒罵著，為躲開那將來的場面走向樹林中解尿。男孩的父親對女人點點頭，示意開始。

男孩看見女人叉開雙腿蹲於地面，一手捏著一隻嗚咽的小狗脖子，一隻黃一隻黑，起先牠們在女人冷硬的捏握下可憐地哀嚎，像對母親求取同情，可是女人咧開嘴模仿公狗充滿威脅的低嘯，小狗便閉上嘴，開始顫抖。狗兒和女人的影子隨火光搖曳，山壁上小狗的吞嚥與掙扎因倒影被放大更顯清晰。女人抓緊小狗多肉的頸部，將牠們半提起，只剩後腿站立地面，她讓狗兒靠近，嗅聞彼此熟悉的氣味，這股氣味正在改變，男孩不知為何知道，牠們面對彼此，牠們是同隻母狗生下的手足，可是這股氣味正在改變。

牠們看著對方稚嫩水亮的眼睛，突然間慢慢收起軟弱與幼小，女人的手穩定而殘忍地把握著牠倆之間的距離，偶爾讓幼犬們微微擦撞，或者更用力捏緊牠們的脖肉，那種痛苦和不適，驅散了幼犬眼中最後的柔弱可愛，牠們露出牙齒、發出咆哮，掙扎著從女人手中衝向對方。那時小狗看來一點也不像小狗，小狗也向來不知道牠們是小狗，脆弱與傻呼呼的嚎叫只是取悅母親的手段，指望能多吸一些奶水。可現在牠們被迫顯露真實面貌，山壁上小狗的影子巨大無比，如同惡獸，女人鬆開手，兩隻小狗立即滾做一團，牠們嘶咬並怒吼，以自身所能窮盡的最大力量置對方於死地。

男人們哄然大笑，女人拉開兩隻狗，將牠們甩向他處，其中一隻尾巴觸及火焰，疼得尖叫，牠們的哭聲再度變得幼嫩無知，但男孩已不再相信。

父親呼喚男孩，他的臉看上去高高興興，不像是要進行羞辱或責罵，所以男孩從貨斗中爬出，小心地靠近男人們圍成的圓圈。行走過程中，男孩目不轉睛地望著女人，她坐在地上，寬大的衣襬捲上腰際，滿不在乎露出了陰部。

父親告訴男孩：「叫媽媽。」

男孩說：「媽媽。」

女人微笑。

「這小子想幹我家母豬咧。」父親得意洋洋地對所有人宣告：「他是真沒見過女的，我今天就來教他。」

男孩心臟開始砰砰跳，他凝視女人，她頭髮蓬亂，臉頰髒污，她摸摸男孩的臉，摸他的肩膀、胸部和大腿，而男孩的父親從身後抱住他，緊緊抓著他的兩隻手臂。

完事後，男孩在父親胸口癱軟，他看見其餘男人開始準備肉食，一個老人正以山泉水清洗不明動物的臟腑，他一面清洗，一面替手中的檳榔剝蒂，拿剪刀稍微剪爛檳榔，再放入嘴裡吸吮咀嚼。

直到拿上篝火烘烤，男孩才發現是一隻小山豬。

「山豬肉好。」一名陌生人說：「羌仔雖然嫩，畢竟還是吃草的，草味臭死人，要用麻油炒。」

「這有差，槍打肉才臭，刀子殺的一點味道也沒有。」阿德伯說。

「憨吉，蛇龜現在價錢好麼？」另一個陌生人問。

被稱作憨吉的男人點頭：「一隻八千，一隻八千。」

「哪裡找？」

「台東這裡沒有，要去屏東才有。」

「蛇龜也有人要吃？」

「台灣沒甚麼人吃，都賣到中國大陸，現在價錢好，前陣子，有人知道，去大武山還哪裡，一個月給人家抓好幾隻，賣了兩百多萬，當地人發現，就報警咧，最近沒人敢去啦。」

男孩的父親哼了一聲：「你沒講，那邊人報警，是要自己抓，錢不想給別人賺。」

「阿六仔愛吃台灣保育類，那有沒有要吃猴子？山上很多，都吃農作物，可以抓去賣啊。」

「獼猴說是台灣特有，看起來和大陸的猴子一模一樣，他們吃自己家都吃不完囉。」

陌生人問男孩的父親：「你不是有養猴子？」

「怎樣？」

「所有動物的肉裡面，猴肉最好吃。」那人說著舔了舔嘴唇：「和原住民上山，如果同時抓到山豬和猴子，他們是都不要豬肉，只要猴子，吃過就知道，肉的味道很細、很甜……」

「原住民吃豬腸還都不洗，和大便一起吃，你要不要也跟著吃大便？」

有人突問起如何找到高犬這個養狗的，男孩父親回答是別人介紹，高犬是以前一個狗王的後代，他們一家都患有嚴重的脫皮病，所以特別好認。查海當初跟他學怎麼養雜種狗，結果隨便養養都能上山抓豬，簡直不可思議。

高犬的家族養狗有些法子，飼料方面一盆子乾狗糧打一顆生雞蛋，較好的狗種他們會到屏東碾米廠收購輾剩的邊角，配上和養雞場購買的雞頭絞碎煮成飯，一日一餐。若要上山訓練的話帶一包狗糧，上了山先找水源，以免狗群乾渴。對他們來說，幼犬牙齒長好後便能上山，老狗帶小狗，訓練主要的目的在於讓獵犬適應台灣山區大起大落的地形，一些較為陡峭之處，小狗不敢跳，他們或推或踹，讓狗兒四肢開開像蜘蛛般墜落。

男孩聆聽父親與他朋友間的對話，父親說趕走查海，有一天也會趕走高犬，將來可以自己找狗訓練。他不久前就偷偷學了幾手，包括狩獵完拿獵物的血塊餵狗，讓牠們記得那種生鮮美味。

「你也要給狗吃皮嗎？」有人笑話他。

女人坐在男孩身邊，膝蓋碰著他的膝蓋，男孩開始打瞌睡。

「小孩子，你起來，你跟人家睡甚麼覺。」在父親懷中，男孩並不覺得自己正被擁抱，那更像是一種禁錮，一種奪去他自由的宣告，儘管如此男孩仍在女人若有似無碰觸他膝蓋的感受裡昏昏欲睡，甜蜜的睏倦透過輕觸的節拍秘密傳遞。

「你起來，不是很喜歡聽故事嗎？」父親說。

男孩勉強睜開了眼。

「高犬一家很會養狗，不知道是他們家的哪個人，特別會養雜種狗，高犬現在進口很多國外獵犬，都沒有過去那隻路上撿來的雜種狗厲害，那隻狗，高犬家的養狗人就把牠叫做『野狗』。

「野狗有多厲害，養狗人一開始並不知道，只是他看野狗在路上餓得奄奄一息，檢查那隻狗的耳朵和鼻吻，覺得基本條件都不錯，就把牠撿回家，讓牠和別的狗一起訓練，幾次上山打獵，牠們總是很快找到獵物的蹤跡，而由於每次放追蹤犬搜尋都是一群出去，養狗人從來就不知道真正找到獵物的是哪一隻狗。直到有一天他們運氣不佳，準備收隊之時，遠方傳來獵犬找到獵物時的特殊叫聲，養狗人數過狗籠，發現就是野狗沒有回來，他們決定前往嚎叫聲來處查看，如願發現了獵物行蹤。後來，養狗人就知道這隻野狗不同凡響。

「野狗也學得很快，牠初次上山時追了一次竹雞，當牠玩回來，跑到養狗人身邊，養狗人給了牠一巴掌，野狗就不動了，那一次出獵都乖乖跟著養狗人，哪也不去，不追獵物也不追竹雞。此後每一次狩獵，野狗只找體型大的獵物，你讓牠在附近繞一圈，牠跑回來，抬頭看看你，就表示這兒甚麼也沒有。

「這隻了不起的野狗最後因陷阱而死，怎麼死，是這樣，在野狗剛開始上山的時候，曾經中過一次陷阱，那種夾腳的，夾了就不能動，會很痛，那會野狗叫了，只是很奇怪，在他們追捕獵物的時候如果有狗因為中陷阱而叫，其他狗就會去咬牠，那一次，野狗叫喚以後被其他狗咬得疼痛不堪，以至於第二次中陷阱牠不敢叫，牠不叫，養狗人便找不到牠，這隻野狗被獨自留在山上幾個月，很後來才讓山上的人找到送回去。

「野狗失蹤後，有外行的問養狗人幹嘛不給野狗配種，可是這隻野狗再怎麼厲害，畢竟也是雜種，牠的後代不見得有相同天賦。沒想到養狗人下山回家幾天，居然發現他狗寮裡面最好的一隻母比特懷孕了，那隻母狗生下一窩四隻眼、毛色漆黑卻四肢火紅的小狗，全是雜種，是野狗的種。

「野狗是怎麼搞上養狗人家裡最會咬的母比特，這件事無人可以得知，畢竟那是花火，是專咬鼻子的鬥犬。上山打獵的獵犬他們一般分為兩類，一類是聞的，一類是咬的，野狗屬於嗅覺特別靈敏的追蹤犬，懷孕的母比特花火則是咬犬中的菁英。花火有多會咬，以山豬而言，不只要把豬咬到力氣盡失、動彈不得，還得會逗，追蹤犬追到獵物後，咬犬上前挑釁，強迫牠留在原地直到人趕來，花火是箇中好手，要牠咬豬，牠總是直接咬豬的鼻子，讓豬隻逃脫不了也無法攻擊，有一回，花火甚至直接把豬鼻咬掉，牠是一隻這樣兇猛的母比特。本來養狗人想讓花火和另一座養狗場的純比特犬配種，不料卻被野狗搶先一步，更遺憾的是，花火生下五隻小雜種狗以後竟莫名其妙血崩，最終死亡。

「幾個月過去，野狗只剩半口氣的乾枯身體連著獵陷被山上農民發現，送回養狗人家裡，那野狗全身骨瘦如柴，只有眼睛燦亮如炬，看見花火生下的五隻小雜種，嘿然一笑，瞬間斷了氣。

「這個養狗人啊……我猜就是高犬的老子，在埋葬了野狗幾天後，他到山上查看陷阱，卻不小心摔落懸崖，一條腿卡在岩縫之中，動也動不了，就和他養的那隻野狗一樣，他孤伶伶被安插在天然岩壁底下，發出的叫聲從嚎啕到嗚咽，他忽然看見自己養過的數十隻狗黑色、白色、黃色、花色的鬼，在他身邊徘徊不去，牠便也覺得自己愈來愈是一隻狗，好幾個月，他坐在那裡，舔牠獵陷上傷肢的創口，皮肉愈舔愈少，露出慘白的骨頭，卻硬是不斷，他看著太陽，看著落雨，看著花朵和青草，不再感到害怕，鬼狗圍繞著一同舔食牠，舔他身上褪落的皮屑，將牠愈舔愈小。養狗人的妻兒一直沒有找到他，一直沒有。

「從此之後，養狗人們再也不養雜種狗了，不是雜種狗比較不好，而是有一些怪怪的事情，他們知道以後，就不會再去做。」

不知誰說完這故事，講到最後一句，聲音就再也沒有。男孩仰頭見父親兀自抽起大麻，嘴唇浮溢出飄飄然的笑。

男孩開始想念貨車上的同伴，那個小小人。他和父親講，父親就一言不發抱他回車上，用塑膠防水布密密遮掩小貨車貨斗。在男孩眼中，父親像是喜歡陌生人所說的話語，因為故事結束後，父親抱著男孩上車的動作特別溫柔、小心，他為男孩胡亂撥開貨斗底部狼藉的玻璃瓶和鐵製品，替他挪出仰躺的空間。

男孩在防水布下方閉起眼睛，聽見不遠處柴火燃燒與男人們談笑的聲音，他聽見父親回到車上駕駛座的狹小位置，和女人一起，他們讓車子震動，猶如海潮陣陣，穩定且私密的頻率，使男孩想起自己瞌睡時女人不經意碰撞他的膝蓋。男孩伸手去摸裝著小小人的籠子，聽見從中傳出虛弱的叫聲，於是就這樣地，男孩在尖銳渴望與幸福滿足之中晃盪著入睡。

子彈床

男孩的夢裡出現一隻小猴子。

他記得這隻小猴子的模樣，因為在上次的打獵行動中，狗群爭奪這隻猴子的屍首，將其拆得支離破碎。男孩依稀記得自己更小的時候看過，父親為招待友人將猴子頭皮剃毛，頭骨鑽洞，隨時隨地都能開骨取食，猴子被困在男人腿間，露出驚慌神色，牠看著男孩，彷彿知道只有男孩能夠懂得。

夢中，小猴子裸露著沒有腦殼的大腦，在七月滾燙的產業道路上遊蕩。

男孩醒了，他攀著一堆漂流木半坐起身，狗骨仔製成的長矛滾向他。男孩看見父親裝子彈的麻袋由於車身震動敞了開來，男孩飛快地將子彈重新裝好。

他偷偷用食指撐開塑膠布，外頭已經翻起了魚肚白，天快亮了，空氣裡流竄清晨特有的寒冷味道。男孩感到腸子幾乎打成死結，今天是特別的日子，母山豬發情了，大人們要帶他去狩獵。

男孩收拾好父親打獵時慣用的工具，抓緊胸口的衣料急切地等待，光線透過防水布愈來愈亮。

住在工寮裡的男人走出屋子，塑膠雨鞋擠壓地面石礫刮擦出模糊聲響，腳步聲逐漸接近小貨車，防水布被掀起些許，男孩依舊佯裝沉睡，儘管他早已因緊張而全身冒汗。車門打開、關上，引擎發動，不一會兒，他們便奔馳於男孩稍早夢裡的產業道路。

防水布外的土地充斥噴了農藥的乾草與死去的昆蟲，因種植生薑變得貧瘠荒涼的田埂，動物在其中奔馳。動物、土地和植物全緩緩成為黃色。男孩伸手抓住裝有小小人的籠子，以防顛簸路程令小小人痛哭。

車子停下來時，男孩身上的防水布被粗魯地拉開，他的父親從他手中接過狩獵用的包裹，以眼神向男孩示意。

男孩撫摸小小人的籠子，穿起他沾有草屑的小雨鞋攀過車欄而下，見到阿強叔、阿德伯，三個他從未見過的陌生男人，其中一名身體殘缺，少了左手，最後則是狗車上的原住民女人。男孩沒有預料到女人也會加入這場狩獵，他因此在胸前握緊了拳頭。

今日的狗車車籠裡沒有裝狗，反倒裝著男孩熟悉的母山豬，此時牠正焦躁地在籠內來回踱步，裸露的陰戶流血，不時輕聲低吼。其他陌生人詢問男孩父親，為何帶著一個瘋癲的原住民女人，他回答如果被盯上，可以說是原住民狩獵祭，槍是番婆帶來的。

「只有原住民才能拿槍。」陌生人附和：「可是打獵的不會是女人啊。」

男孩父親回答「有何不可」，取腰上的獵刀湊近女人，迅速靈巧地一把一把割斷她烏黑且爬滿頭蝨的長髮，男孩眼看女人的頭髮簌簌掉落，幾近成為光頭，光頭上青一塊紫一塊，狗啃似的，女人卻毫不在意，拍打膝蓋大聲唱歌。

「沒了頭髮她看起來就是男人。」男孩的父親說：「他們看起來都一個樣，男的女的也沒差別。」

大人們開始安排一整天的戲碼，大部分的套繩陷阱已被設置在山谷低地，母山豬栓在陷阱附近，藉由山谷間環繞的秋風傳遞雌體成熟氣味，男人們則在山頂靜待，各擁一把土製獵槍。

他們說只有原住民才能拿槍，而男孩並不是非常明白，畢竟他從懂事以來就看著槍枝零件從拆卸的後車燈內被抽出，組裝成沉重武器。他撫摸木製槍托光滑溫潤的表面，看著彈藥從折裂處滑入槍管。男孩的父親組裝自己的中折獵槍時，男孩心存希望地悄悄窺視他。男人表現得像是渾然未覺，從衣袋裡掏出橡皮筋圈住的一束沖天炮交給男孩。

大人們分配好埋伏的地點，男孩跟著父親、阿強叔與女人前往制高點，這是意外的驚喜，男孩極盡所能想在移動時與女人並肩，同時也希望有機會碰觸父親扛在肩上的獵槍，以至於男孩二者兼失，落到了隊伍後頭和阿強叔一起行進。

阿強叔問：「你啊，長大以後想當甚麼？」

「當甚麼？」男孩問：「甚麼？」

「就是你以後想成為甚麼樣的人。」

男孩伸出手，在空氣中比畫了一下抓握的手勢，無人得以明白，男孩改換豎直食指、拇指，收攏剩餘三指，隨之扣動拇指。

男孩沒有使用言語表達自己將來想成為開槍的人。

阿強叔搖著頭說：「跟你爸一樣。」

男孩的手在半空中簌簌落下。

他們來到視野良好的俯臥處，此地可由上往下一覽無疑山谷間的景色，男孩暗數他們埋藏陷阱的草叢與其他人選定的藏身地點，母山豬狀似悠哉地啃咬姑婆芋葉，擺盪著陰戶上方的尾巴。父親說母豬的味道會傳達很遠，他們所要做的只是耐心等待。

阿強叔點了根菸抽，男孩的父親拒絕遞過來的菸，說：「被豬聞到就不會有獵獲。」

沉默之中，男孩確實嗅聞到某種奇妙的氣味，他屬於兒童敏銳的視覺看見一隻雄豬緩慢地在芒草間移動，恰恰好是在一處套頸的獵陷幾吋外，男孩想，那隻豬肯定是聞到了人類的味道，所以牠很猶豫，不知道是否應該繼續前進。

一隻手強勁地按到了男孩肩上，父親低沉幽暗的聲音對他說：「不要動彈。」隨後獵槍槍管從男孩肩上探出。男孩眼中公豬仍持續以微小的動作試探著面前疑點重重的空氣，男孩知道，假如豬打算逃跑，父親就會開槍。正在這時，來自後方的阿強叔突然爆出一聲大喝。

男孩嚇了一跳，男孩父親亦然，而公豬更是吃驚地往前衝刺，阿強叔的爆喝像子彈般擊碎了公豬的猶豫，牠撒腿奔跑，終於一頭栽進陷阱裡，男孩的視線中只能看見豬隻在長草中猛烈掙扎的皮毛了。

「好啊。」男孩父親罵了句髒話：「抓到一隻，其他都被嚇走。」阿強叔聳聳肩，爬起身坐在一旁黏滿青苔的大石頭上。

男孩便望向父親。

父親正聚精會神於山谷的豬隻，他的手指戒慎地扣住板機，男孩忍不住也因此攥緊了口袋裡的沖天炮。他的沖天炮貯藏火藥的硬殼是黃色的，男孩從未有過紅色殼的沖天炮，他的父親總是採用紅殼沖天炮的火藥填充彈筒。

火藥，衛生紙，鉛，衛生紙，底火，是構成子彈的基本要素。男孩的父親有時會對著他輕聲念誦，男孩默默記得，有一天，他會拿到紅色的沖天炮，有一天，他會得到屬於自己的獵槍。

男孩的父親望著山谷，這一刻，風的方向改變了，他似乎從中嗅聞到一絲令人戰慄的氣息，吁出長長的一口氣，轉過頭，對著男孩腳上的黃色雨鞋說道：「你是不是很想開槍？」

男孩說：「對。」

父親指示男孩趴俯著湊近自己，讓他安全地待在成人散發汗臭且潮濕的胸懷。男孩的父親一一告訴，他的手指應該放在槍的哪裡，他的眼睛應該如何凝視，以及他要怎樣瞄準獵物。

這對於男孩來說是珍貴的一刻，因為父親仔細地為他解說一切，充滿耐心。父親的手掌寬大溫暖，指引男孩笨拙的動作，也為此輕輕地取笑。

「我有沒有跟你講過子彈床？」

男孩搖頭。

他的父親於是說，瞄準很遠的地方開槍，也許瞄準海，在沒有任何目標與阻礙的情況下人會不知道子彈甚麼時候停止，可是子彈總是會停止的，會落到地上，子彈落下的地方就是它選擇休息的地方。把子彈拿起來的時候，地面上留下一個特別的凹痕，那個凹痕就叫做子彈床。

當然，現在他們用的子彈其實不是真的子彈，而是散彈，類似於古早的彈丸，裡頭填塞了鐵釘或鋼珠，殺傷力強但射程不遠。儘管如此，向著虛無瞄準時猜測裏頭的填裝物能飛行多遠，對他們來說始終是個有趣的想像。

男孩聽得入迷，扣住板機的指頭冷不防一緊，山間頓時迴盪著燃燒的槍響，火藥氣味流竄過男孩手指，瞬間的閃光彷彿刺進男孩的耳朵，讓他嗡嗡耳鳴。男孩在寂靜中飛向三公尺外，他抬起頭，見到父親噴吐唾沫的盛怒臉孔，男孩面朝地將鼻子埋進青草。

阿強叔以無線電和其餘人報告突發狀況時，男孩慢慢地從地上站起身子，拍除薄夾克外部沾黏的草葉，不敢看女人或阿強叔。男孩想要自殺，他此時尚不明白那是甚麼意思，他真正想要的其實是無痛的消失，然而沒有任何他所知的詞彙用於描述這種不太血腥的遁逃。男孩想著詞彙，想著就和自己終於得以開出的那一槍一樣，他似乎永遠無法瞄準紅心，也再沒有機會找到答案。

男孩離開埋伏處，漫無目的地前行，此時在他身後，一串串鞭炮似的槍響此起彼落，想是交配的季節公豬都已按捺不下，紛紛群聚至這多霧的山谷。

男孩開始奔跑，同時以打火機點燃沖天炮沿途發射。過去他們也用沖天炮趕豬，直到四周沒有警察，後來沖天炮反倒成為調虎離山的掩飾法。他相信父親即便現在生他的氣，將來也會為了自己聰明施放的幾支沖天炮重新接納他。是以在太陽下山的傍晚，男孩怯怯走向大人們約定最終處理獵物的地熱源頭。

那兒之於當地人來說是隱密的場所，接近山下人酷愛前往的溫泉區，座落於此的工寮因而瀰漫一股濃烈的硫磺味，山霧與熱氣氤氳交融，致使工寮邊工作的成人面貌模糊，男孩必須走得更近一些才能確知他們究竟是否為父親及其同夥。

男孩站在已然死亡的豬隻旁，陌生人與阿德伯以小刀刮除豬隻體毛，男孩的父親則不時拿滾燙的溫泉水澆灌，方便剃毛的動作。他們工作得如此專心，以至於誰都沒有看男孩一眼。狗車上的女人坐在狗籠裡，她朝男孩咧嘴微笑。

剔除所有毛髮的公豬表皮蒼白，並且由於處理速度不夠快，排泄處已經洩漏糞便，硫磺混雜一股獸體的惡臭，男孩看著阿強叔用強力水柱沖洗豬隻的肛門。接著，大人將豬放在平面上開膛剖肚，一根一根摘下肋骨，割除陰莖和睪丸，削斷頭顱，露出在空氣裡微微顫動的灰色臟腑，那讓男孩感到驚奇，一副皮囊居然能夠容納如此豐富的器官，新鮮又帶著濕意，閃閃發亮。男孩注視阿德伯依序摘除腸胃肝肺與深色的心臟，剩下柔順乖巧的皮肉。

此時，男孩的父親瞥了他一眼。

男孩吞嚥唾液，想起稍早陌生人探問父親飼養猴子的事情，他知道父親眼神意味的東西，他微微發抖，用力想有甚麼辦法能夠推遲自己不可避免的懲罰。

他想著夢，女人，還有即將失去的小小人，他想著群山間荒涼的黃色。

男孩偷偷爬上藍色小貨車，防水布被指頭撐起一縫，黑暗中，小小人的眼睛散發螢綠光芒。他們相對無言。最終，男孩取出裝著小小人的籠子，趁著大人們分配豬肉的時刻前往不遠處的產業道路。

一輪明月之下，男孩打開籠子，慫恿小小人走出籠門，起初小小人猶豫不決，四肢著地緩慢爬行，幾分鐘後才慢慢站起，兩腿直立。

男孩看著比自己更小的小小人，在陰暗的產業道路上搖搖晃晃地走遠。

八月的鬼

七月的酷暑之下，孩子們站在太麻里中央唯一的街道上，向盡頭揮手。那條路是如此筆直，孩子們的目光又因汗水如此濕潤，以至於整條街幾乎是模糊不清的。道路兩旁的龍眼樹與路的本身冒著扭曲的煙氣，接近地平線的末端也因而融化了，形成水澤般的光景，一名行走於水面的男人踽踽獨行，孩子們揮手揮得更起勁了。

小多、妹妹和拉厚克正猜測這個男人是誰，一個說是小混混，一個說是修理汽車的工人，一個說是劍客，妹妹後來改口說應該是遊行到了，引來其他孩子的訕笑，他們稱妹妹是「騙人精」，笑最兇的是她親哥哥凱凱，畢竟遊行怎麼可能只有一個人呢？小多和拉厚克企圖維護同伴的自尊，義無反顧地和凱凱打了起來。

不打架的其他孩子之中，有人說是幻影，是光線偏折導致的海市蜃樓，接下來幾分鐘，孩子們凝視幻影愈走愈近，近得可以看見他顴骨沾染的汗水、眼角的皺紋以及蒼白的手指間夾著的一塊檸檬黃手帕。

起先沒有人說話，沒人願意率先打破這個大夥一塊想像出的幻影，但到了後來，誰都撐不住了，嘰嘰喳喳地問著「你是誰」、「你從哪裡來」、「你是幹甚麼的」。至於那位頻頻拿手帕抹汗的陌生男人，一時之間似乎被這些單純的問題難住了，只得吶吶地對孩子們介紹自己，他姓林，是一名醫生。

孩子們臉上出現了極度失望的表情。

因為醫生非常的誠實，孩子們覺得一點意思也沒有，便一哄而散了。

三天後，太麻里居民在一間荒廢的組合屋外發現奇怪的事，透過那扇安有鋼鐵握把的玻璃門，他們看見組合屋內忽然裝滿了冷氣、藥品以及所有開設診所應該具備的東西，而要是將這間屋子拿到半空中晃一晃，林醫生就會從那扇玻璃門內掉出來。他是冷氣、藥物氣味與黃手帕的混合物，除此之外好像沒有思想與靈魂，他的到來突兀又不合邏輯，偏鄉小鎮從來就不是一名醫術精湛的醫生會優先服務的地區。

外地來的陌生人帶給孩子們的興奮感已經消失，尤其他是個醫生，孩子們聽見醫生的名號，便感覺幼兒時打的預防針疤痕正隱隱作痛。此外那間曾荒廢的組合屋，據說是在嚴重的八八風災後建造而成，坐落之處原本是墓地，太麻里幾個受災戶分配到了組合屋，沒住多久卻發生鬧鬼的軼聞，於是又紛紛遷居別處。組合屋成為鬼屋，如今又成為看病的診所，它不斷變換的身分帶給孩子們狡黠、陰險的感覺。

小診所一開始沒有太多病人，嶄新亮麗的玻璃門與鬧鬼的傳聞似乎將自身隔絕於整個太麻里之外，其居民們隔著那層玻璃觀察醫生與診所內部：他們看見的是普普通通的掛號櫃檯、看診間和外頭的等待區，等待區旁有一整列擠滿書堆的櫃子，絕大多數是兒童繪本、漫畫與故事書，林醫生收藏的幾本文學著作——馬奎斯、波赫士和吉卜齡的書陳舊、平穩地悄悄支撐著書櫃裡大開本兒童讀物的豎立。這些書帶給拉厚克、小多與妹妹一種奇怪的渴望感，和他們對於鬼屋的恐懼寂然並立，說不出哪一方更強烈些。他們家裡從來沒有圖畫書，這些書和學校圖書館裡被翻爛的兒童讀物又截然不同，它們幾近嶄新，邊邊角角洩露出的彩色圖案精緻又美麗，像糖果上的包裝紙，拉厚克和小多對妹妹形容那些書看起來有多好吃。

夏日特有的沉悶與黏膩漸漸麻痺眾人，對林醫生與小診所的陌生恐懼也漸漸隨著汗液被代謝掉了，某些太麻里居民留意到自己肚子有點「怪怪的」，或者務農時受了皮肉傷，以及上山途中摔跤，背痛得彎曲如貓，這些人一一地走進小診所裡，侷促不安等待給林醫生看病。

由於小診所在補助下得到偏鄉服務的認可，林醫生總要一次一次不厭其煩地向看診的患者表明無須診療費用，老人們聳起無牙的笑容半是不解地離去，下回看診還是再問一次，以確認是否真的不用錢；小孩子則將林醫生贈送的貼紙滿滿地黏在臉上，「咻」

一聲跑掉；女人會和林醫生閒聊，斤斤計較只希望可以得到更多免費的止痛藥。

拉厚克的母親巴奈在小診所裡上班，她曾在一間公立醫院擔任藥師，林醫生請她負責掛號預約以及藥品訂購的工作。拉厚克過了足足半個月才知道這件事，那會巴奈正打算帶兒子去給醫生作健康檢查。

拉厚克當然反抗到底，還羞恥地哭了，巴奈臉上絲毫沒有憐憫，明顯已經毫無耐心，她說拉厚克你啊，以後阿美族的勇士卻這麼膽小呢！隨後拖著拉厚克離開家，將他半抱半扯地拉了一整條街。

勇士拉厚克被拖著走的過程，妹妹和他的哥哥凱凱、家裡開雜貨店的小多都見證了這一幕，母子兩人滿身大汗，身上沐浴著一道道流淌的陽光，當他終於被安置在小診所裡的等候區，拉厚克吸吸鼻子，由於滿室生涼的冷氣打了一下哆嗦。

「小孩子夏天要注意的是中暑。」神遊的拉厚克最後聽見林醫生對母親這麼說，同時醫生將一件外套搭在他身上，並摸索冷氣的遙控器按了幾下。

醫生又說：「和感冒的症狀很相似，多補充水分，不要過度曝曬，除此之外目前沒什麼問題，他看起來很健康……」結束後他給了拉厚克一張小雞圖案的貼紙，巴奈交代拉厚克自己回家，隨後他被推出玻璃門，硬生生撞在一團熱空氣裡，他愣了足足有半晌，不知何去何從，直到小多與妹妹牽手走向他，凱凱嫉妒地站在遠處，而他的兩個朋友推擠他的肩膀，將他像英雄般簇擁。

彼時，林醫生的小診所迎來嶄新一日的社交人潮，方生產完的鮑博雅，丈夫去年出海捕魚就沒再回來。「颱風啦」。鮑博雅說，她肚裡的遺腹子是個小女孩兒，習慣一種搖晃的安定，鮑博雅得抱著她，不斷地搖，一旦停下來女嬰彷彿便感到疼痛與暈眩，隨之哇哇大哭個沒完。小女孩兒是羊水裡的小小船長，直到現在，不得已在陸地上消磨寶貴生命，鮑博雅要不斷地搖晃臂彎，充當那片片海浪，這可把她給累壞了。

小診所周遭一戶姓辛的人家，外頭經營刨冰生意，起先對林醫生投以懷疑的目光，直到家裡的兩個孩子為了林醫生的彩色貼紙潛進了診所，辛太太只得親自上門抓人，一面和巴奈聊起來，她那兩個孩子分別叫小小和小大，以此簡單地區別長幼。

再來是家裡種植茎葉的陳老婆子，她是客家人，總光著腳從上坡走向下坡，走向下坡底端林醫生的小診所，她花了很長的時間觀察診所內等候看病的鄉里居民，透過那片玻璃門，想像在盛夏著實可貴的冷氣有多麼沁涼舒適，陳老婆子牽著她的小孫女愛子，無論去哪都讓她先打頭陣。愛子年約六歲，天不怕地不怕，她的名字由陳老婆子所取，為了紀念自己在台灣光復後隨日軍撤退的父親。愛子衝進小診所裡歡快地跳躍，向著外頭的奶奶高喊：「很涼耶！真的很涼！阿嬤快進來！」

起先陳老婆子不好意思，故意把小孫女罵得狗血淋頭，幾次以後便堂而皇之到小診所裡吹冷氣，再後來，乾脆把整籃的荖葉都帶到診所裡做起堆疊的活兒，候診的人絕大多數認識陳老婆子，等著看病也挺無聊，便紛紛幫她疊葉子。林醫生慢慢意識到，他診所的等待區已經成為太麻里三姑六婆們聚集聊天的地方，在這燠熱的季節，她們喜歡聚集起來，聊著天氣、作物、孩子和一場即將到來的遊行。

沒人知道那是哪裡來的遊行，也沒人知道那遊行的意義，這消息就像七月裡的南風一樣從遠方來，纏繞住依山傍海的小地方。

陳老婆子嫻熟地將葉子疊得緊實，隨後拿一把生鏽的剪刀把濕潤的蒂剪掉。她聽人家說自己不懂的事情忍不住也要插嘴，就叨念著：「遊行要走路啊，腿會痠，上次進香團人家要我走，我都不愛走。」其後又催促小孫女去找本故事書看，不要煩她。

辛太太沉默不語，她的目光緊盯兩個孩子，小小吮著髒兮兮的大拇指，在地上把斷裂的葉梗排成一列，小大和愛子正搶奪同一本故事書。一不小心，故事書被撕壞了，林醫生上前拿走書，小大高喊：「我才不要那本破書！」

他跑出診所，被迎面而來、臉上貼著小雞貼紙的拉厚克打了一拳，兩人在地上滾成一團，巴奈趕忙出去，和辛太太一塊分開各自的孩子，這時有新的病人越過診所外的小小鬧劇走進玻璃門內，愛子立刻迎上去，二話不說拉著那人的手到等候區，要他幫忙疊葉子。

林醫生手中拿著書，等了一會，發現沒有人留意自己，便拿著破損的故事書回到看診間。那本書上用原子筆畫有稚拙的塗鴉，林醫生將故事書收好，等待下一名病人。

凝視在他面前來來去去的太麻里居民，林醫生總好奇他們什麼時候會認出自己，縱然就連他也不認得所有來看病的鎮民，起碼這兒曾是他的故鄉，風災過後建起的組合屋有一幢也是他的。自從他的小兒子死去，他再也沒有回來過，直至這個夏天，他忽然覺得這是個與那一次同樣的夏天，融解的街景、靜止不動發亮的樹梢以及化為白噪音的蟬鳴，甚至，就連那些在街上朝他揮手的孩子們也和他離開時一模一樣。

送走最後一名病人以後，林醫生往往會沿著傍晚的街道繞太麻里走上幾圈，這是他對過往回憶的巡禮，也是向所有至今已不認得他的居民們投以無聲的詢問；天主堂裡清掃落葉的瑞士神父、販賣農藥的中年男子、郵局裡的臨櫃人員回應他的目光總是遙遠而疏離。至於主街盡頭一座有花園的屋子，花園已是荒煙蔓草，林醫生記得那是他國小同學的家，國小同學長得比常人高，高得畸形不成比例，年幼時大夥嘲笑他，林醫生也笑過，十多年以後聽說他在車庫邊上吊自殺了，旁邊是他為一雙兒女安置的鞦韆，國小同學成年後長得甚至比車庫更高，卻選擇上吊的死法，他站在地上吊死了自己，一雙大腳在水泥地面上擦來擦去，孩子們的鞦韆也跟著晃來晃去。

林醫生回到小診所時，敷著陽光的柏油街道在診所前咧開一抹微笑，孩子們四處奔跑玩耍，冷氣機在滴水，而金色的蟬鳴閃閃爍爍，林醫生深深吸了口氣，看見柏油街道盡頭，一名年輕女子輕快地走在光裡。

太麻里主街上有一名無家可歸的少女，孩子們稱他為啞巴公主。孩子們什麼也不懂，就覺得啞巴公主聽起來太好玩了。畢竟少女將整個太麻里當作任意遊蕩與休憩的地方，大搖大擺的神態還算擔得上公主的名號，她走到哪身邊都跟著一群小小追隨者，孩子們為她高歌。當啞巴公主在角落屈起身體、環抱膝蓋防備地瞪著那群小小人，像一頭受困負傷的山羌，通常妹妹的哥哥凱凱會率先打破他們環繞著公主的寂靜與緊繃，他是孩子王，衝向公主作勢要對她幹些什麼證明了他的權力。小多、妹妹和拉厚克不討厭這種戲碼，每每凱凱在街上叫嚷著：「那個公主！那個啞巴公主在這裡！」他們也和其他孩子一樣熱愛尋找刺激，這遊戲他們已經玩過太多次了，每一次都樂此不疲。

凱凱衝向公主時，她會甩開手臂，用力地擊打自己的膝蓋與大腿，發出「哦噢——哦噢——」吶喊，像動物的叫聲，很難相信是從一名少女喉嚨裡發出來的。孩子們因那聲音的怪異急速撤退，臉上參雜驚慌與興奮，凱凱則會邊跑邊叫「情婦！你爸的情婦！」小多、拉厚克和妹妹誰都不知道情婦是甚麼意思，只曉得每當公主聽見這個詞彙，漆黑的眼中會閃爍深遠的光。為此，他們深愛啞巴公主，其他孩子或許也有同樣的想法——公主是太麻里唯一會認真且全心全意回應他們的大人。

當然，孩子們的父母不明白這點，他們豎起食指禁止孩子跟蹤公主，真讓人心碎不已，反觀公主，失去那些小小的追隨者以後她拖沓的腳步變得輕快，顯然非常喜愛失而復得的自由與清閒。

妹妹、小多和拉厚克卻發現了一件秘密，假如被大人們發現肯定會引起巨大恐慌，即是孩子們被禁止跟蹤公主以後，啞巴公主仍有一名沉默的愛慕者。

最開始林醫生只是會在小診所的休息時間到街上散步，他繞著圈子，時不時更換一下路線，彷彿對太麻里的每一件事物都充滿好奇心。但後來，林醫生散步之中跟隨啞巴公主的一舉一動，遠遠地像看著太陽一樣瞇著眼看她。林醫生是如此專注，以至於他沒有發現被禁止跟蹤啞巴公主的孩子當中，有三個孩子鑽了漏洞，改為跟蹤林醫生。

在這場他們跟蹤醫生跟蹤啞巴公主的神祕活動中，妹妹、小多和拉厚克了解到啞巴公主並不像其他人所以為的那樣，因腦袋受傷影響了智力和口語表達。小多、妹妹和拉厚克曾聽她講話，在深夜，對著山巔，溫柔地、甜蜜地講述對他們幾個孩子來說過於冗長的語句，儘管他們一個字也聽不懂，卻為那句子中璀璨的美麗詞句深深著迷。其他時候，啞巴公主渾身髒污，黑色長髮幾乎觸地，幾隻鮮紅的頭蝨在她的頭髮裡上上下下地流竄，好似音樂課本裡的音符。她終日在街上遊蕩，市場裡有誰願意給她點吃的，她面無表情毫不感謝地攫取。除此之外每隔一段時間啞巴公主身上的衣服會更替，妹妹認為公主有一位忠實的僕從照料著他，只是從來沒有孩子見過，當妹妹這麼聲稱，凱凱質問她怎麼知道，妹妹安靜下來，凱凱推了她，妹妹才說因為公主是遊行隊裡要角，她的僕人是一名劍客，很快就會趕到太麻里，同時帶整列遊行隊伍來接走公主。

妹妹說完這些，附近聽見的孩子哄堂大笑，他們都知道妹妹在說謊，全太麻里啊，妹妹是僅次於公主最無知的傻瓜，因為她年紀尚小，又是個天生的瞎子，若不是小多和拉厚克願意帶她玩耍，根本沒人會接受她。偏偏妹妹從不示弱，為了表現自己並非一無所知，她染上說謊的惡習。特別在遊行這件事上，妹妹不知從哪個大人口中聽來消息便自顧自地傳得繪聲繪影，她是第一個知道遊行將至的孩子，並且出於某些古怪的原因，她將遊行想像成一件自己從未見過最不可思議的東西，集所有的甜味、山雀鳴叫和森林裡海桐的清香於一爐，融造出她對「遊行」一詞的詳解，以及一連串與之呼應的故事情節。小多和拉厚克倒樂於縱容她講述那些幻想，反正他們也不真的清楚遊行應有的模樣。

關於遊行，有人說是季節不對的炮炸寒單爺，有人說是知本廢棄遊樂園來的馬戲團表演，最可靠的說法則是反核大遊行，這是家裡開雜貨店的小多偷偷在鄉長跑來買啤酒，順便跟爸爸寒暄時得知的祕辛，但他從來沒有對任何人說過，除了妹妹，畢竟他並不知道甚麼「翻河」，而妹妹已經自視為神秘遊行的代言人，小多愛著妹妹，所以他只將這消息告訴妹妹一個人，甚至連拉厚克也沒有在第一時間內知曉。

但無論是甚麼，孩子們只知道遊行就是玩耍，是狂歡，有各種穿著奇裝異服的人蹦跳地演奏樂器，像林醫生一樣從這條筆直的柏油馬路另一端踏著閃閃發光的水澤而來，而後妹妹告訴大家，遊行隊將在八月時抵達，在這之前他們依舊要站在馬路上練習歡迎的揮手動作。她說不出確切的日期，孩子們便感到期待又厭倦，每一次練習揮手都讓他們想到自己曾經把林醫生踟躕的身影當作神秘遊行的一部份，只是那會就妹妹大聲說出了大夥的心聲，當她大聲地說了出來，所有孩子鬆一口氣，將對自己的痛恨轉移到妹妹身上，他們毫不留情地嘲笑她。直到現在，他們又玩在一塊，一同盼望著沉悶生活裡少有的樂事，他們在馬路邊上又叫又跳，比賽誰演出狂喜的樣子最像真的。

每個人都盼望遊行來臨，有個孩子對此卻一點兒也提不起勁，說來奇妙，這孩子就是告訴了妹妹遊行消息的雜貨店老闆兒子小多。妹妹和拉厚克興高采烈練習揮手時，他垂頭喪氣、喃喃自語地坐在林醫生的小診所前把玩地上一顆顆滾燙的石子。

七月的陽光把他曬得發暈，臉上一顆顆青春痘又紅又腫，讓他疼痛不堪。和他的兩個小夥伴不同，小多經常是安靜的，而且非常喜歡讀書，在學校裡，他的綽號是書蟲小多，和蟲有關的暱稱讓他更覺得自己醜陋不堪，畢竟誰小小年紀臉上便長滿了青春痘呢？面皰使他看起來恐怖極了，因為如此，他將看不見的妹妹當作自己最好的朋友，拉厚克只能排第二。

遊行的消息還沒傳開來時，小多總在夜晚悄悄帶妹妹到海邊看星星，過去那是妹妹最喜歡的消遣。想當然爾，妹妹無光的眼睛無法反射出任何星群的顏色，但小多可以形容給她聽：星空就像同時用舌尖輕觸一百顆可樂糖，這對於嗜甜的妹妹來說永遠是最好的形容，而妹妹對數字的概念只到一百，那還是有一回他和拉厚克一齊拉著她的手數過新採的金針，她才知道「一百」是甚麼意思。

小多和妹妹一塊的時候，就能滿不在乎的擠痘痘，不必擔心有人會嫌他髒，每一次小多和妹妹並肩躺在沙灘上，他們說話說到無話可說，小多便窮極無聊地開始擠痘痘，小多並不知道自己擠痘痘製造出的細小「啵嘰」聲，聽在妹妹耳裡產生了一種古怪的意味，好似她替家裡人剝豌豆時帶給她的奇異滿足。

有一回，妹妹聽著那啵嘰聲，想了想，覺得實在太喜歡、太愛也太興奮了，她輕輕喘著氣問小多：「那是甚麼聲音？」

當小多反應過來，理解妹妹指的是他擠痘痘的聲音，小多就忍不住要敷衍地唬弄她。

「那是我在指揮星星的聲音。」小多說。

「真的啊？」

「沒錯。」小多繼續講：「你不是很愛唱『一閃一閃亮晶晶』？星星會一閃一閃亮，每顆星星發光的速度都不一樣，但是我很聰明，我可以算出星星發光的頻率，然後我手這邊揮過去、那邊捏一捏，星星就好像因為我的手在發光，它們會發出啵嘰的聲音，流出白色的光。」

小多說完這些，發現妹妹並不理解他話語裡關於亮光的句子，但非常著迷於啵嘰的聲音，所以後來他們一塊看星星時，小多都會酣暢淋漓地擠痘痘，發出那種特別的啵嘰聲。

小多一直懷念他與妹妹看星星的日子，可是遊行的消息傳出以後，妹妹就不再與他看星星了，她和拉厚克總是在練習歡迎的揮手，她和其他孩子打成一片，一夥人臭烘烘地歡呼雀躍。

小多不想參與，他瞇著眼，露出一種夏日特有的怠惰昏倦，這時候任誰叫他他都沒有反應。「太熱了。」他用衣襬抹臉，聞到自己身上濃烈的汗臭。他懨懨地說：「好熱，我才不要去哩。」

八月將至，家家戶戶進行中元普渡，空氣瀰漫徐緩沉重的焚香與金紙氣味，後來總有些老人說，就是這股氣味引來不乾淨的東西。對此，年輕一輩嗤之以鼻，殊不知在此時節，萬般理由皆有可能，往往連活得最久的耆老都想不到。

八月前一天，太麻里吹起了焚風，吹進妹妹小巧的耳窩裡，她又聽見了關於遊行的消息，蹦蹦跳跳摸索著家具衝出屋子，炙熱的感覺曾經令她絕望恐懼，因為那是如此充滿，讓她無從躲避。但時間久了以後，她已經習慣一頭栽進熱氣裡時皮膚的張弛，她尖叫著，向街上所有人宣告自己的到來，然後邁開步伐全力奔跑，她甚麼也不怕，所有人都站在路上等她撞過去，她這邊撞一個人，那人溫柔地將她轉向另一邊——修正她的路徑——她再接著狂奔，再撞上另一個人，那人將她抱個滿懷，旋轉一圈拍拍她的小屁股，鼓勵她跑得更快，妹妹就用這種方式跑到上氣不接下氣，直到恰恰好撞上小多或拉厚克，他們會牽住她的手，帶她去觸碰、聆聽、嗅聞或者品嘗一種新的東西。

妹妹全力奔跑的同時，八月前一天的這陣風夾帶不同以往的高熱，像一個黃色的幽靈跟隨妹妹飛越太麻里街道，輕撫冒泡的柏油路面與乾燥的水泥牆，最後縱身橫越鄰近大街的一片原始林，只一瞬間，便誕下一卵星火，在柔潤的綠葉上咬出小洞。焚風環繞太麻里一次、兩次、三次地盤旋，終於將一株百年的光葉櫸樹吹得巨亮，週邊的樹木如同感染般隨之燃燒，幾個恰好在附近做工的中年人見狀又是找水桶又是打電話，焦急地逢人就說：老雞油燒啦，真可惜！

消防隊員開著滅火車趕來前，妹妹仍未放慢自己奔跑的腳步，起火點令太麻里溫度升高，對妹妹來說卻是溫水的舒適，她向燃燒的樹林踏步，小多和拉厚克一發現趕緊捉住她，制止她衝向災害現場。太麻里的其他孩子們得知後全跑去看，雞油亮得像一座高塔，他們看啊看，直到大人們追過來把小孩子趕回家裡，妹妹仍驚慌地問著「怎麼了？怎麼了？」但沒有人回答她，大人忙成一團，取水桶、接水管，小孩子隔著窗子看啞巴公主在樹下「哦噢、哦噢」地大叫並舞蹈。消防車滅火滅到夜幕低垂，通過皮龍竄出的水柱形成鬼樣的蒸氣，妹妹依舊問著無人回答的問題。

百年的老木頭燒了整整三個夜晚，還沒燒完，整個消防隊都放棄了，當地居民也逐個卸下心防，火勢至少被控制在這棵老台灣櫸身上，燒起來也很漂亮，消防隊員們為了以防萬一，在燃燒的光葉櫸樹附近設立泡茶站，入夜後，他們守在星火飄落的光蔭底下喝茶閒嗑牙，不時繞著樹踱圈子，以免火勢悄悄蔓延。小多、拉厚克牽著妹妹去感受氣氛，光照耀在妹妹面頰上，孵出兩團腮紅，觸手滾燙，小多與拉厚克摸自己的臉，發現也是一樣，當時太麻里所有的孩子都去看過這棵樹，都在面頰上留下一雙暖洋洋，甚至是鮑博雅的女兒也被抱著湊近。第四天結束時，老雞油身上的殘火被強力水注擊潰，孩子們捧著雙頰逃走，那時沒有人知道，寄生在他們身上的熱已有了新的生命，夏季依然沉悶地持續。

第一個發現不對勁的還是林醫生，在太麻里剛進入八月，雞油燒剩的木炭充了公的時候，林醫生坐在冷氣機轟轟運轉的小診所裡修補那本被孩子們撕毀的圖畫書。他透過玻璃門看見診所外疊石子自娛的小多臉上有著可疑的紅暈，他把小多叫進診所裡，簡單地檢查後便讓他回家去，再過幾天，許多孩子都被要求進行例行性的健康檢查，他們嘻嘻哈哈彼此推擠，魚貫走進看診間。林醫生慌張地應付每個孩子，並且在檢查結束後花時間向孩子的父母解釋狀況，就這些居民們平日極少上醫院的習慣來看，他們只依稀弄懂林醫生在說：孩子生病了，是一種暑熱症。

大部分得病孩子的母親為此惶惶不安，但父親普遍認為任何病都是跑一跑出出汗便會痊癒的「小感冒」。儘管如此，愛子心切的母親仍在丈夫出門工作時固定帶孩子回診所複診。

林醫生所得到的第一個病例是鮑博雅的女兒，她才三個月大，初期症狀是發燒、咳嗽、閉汗與多尿，偶爾會出現四肢揮舞、無法制止的行為，鮑博雅將女兒放在診療台上，那小女嬰揮動四肢的方式就好像在一望無際的大海裡游泳一樣。

林醫生開了簡單的藥方，讓鮑博雅帶女兒回家，同時千叮萬囑別讓女兒碰水，尤其是泡澡，林醫生自知這是他做過最古怪的診斷，但他也有一種直覺，認為這是無比正確的診斷。

林醫生工作之時，其他孩子都好奇地圍在外頭。看見小女嬰，孩子們就像看見了過去時的自己，他們的幼年時期，而在這些孩子裡，是孩子王凱凱率先看見了無人能見的景象：小女嬰作勢泅泳，她四肢划過的空氣引動波瀾，她柔軟纖細的頭髮無風飄搖，彷佛潛沉水中。

小多、妹妹和拉厚克幸運地沒有患上這種暑熱症，生病的孩子通常會臉紅，伴隨咳嗽與發燒的症狀，小多的紅臉頰只是由於面皰的緣故，他們無趣地觀望小診所一會，發現沒甚麼意思，便早早離開了。

孩子們接二連三候診、接受診斷，最後被父母帶回家。歇業後的小診所空蕩蕩，林醫生立刻將冷氣溫度調得極低，以至於小診所內自顧自地獨立為迥異於外界的另一重空間，好似某種對夏季酷熱以及暑熱症的抗爭。林醫生也想：這暑熱要襲擊孩子們弱小的身軀，可得先過了他這一關才行。

林醫生給自己倒了一杯便宜的藍爵威士忌，從兒童書櫃中取出以透明膠帶黏妥的圖畫書，試著翻動紙頁。這本書曾是他死去的兒子最喜愛的讀物，內容講述海洋裡住著一隻喙鯨，牠有一個看不見的好朋友，由於牠無法向任何生物證實自己有這麼一個好朋友，牠漸漸地失去了鬼頭刀、飛魚、禿頭鯊這些實際存在的朋友們的信任，牠漸漸變得孤獨。牠那位看不見的朋友見喙鯨如此悲傷，便決定向牠證明自己的存在。

有一天，喙鯨看不見的朋友邀請喙鯨與自己一同靠近海面游泳，順著溫暖而強勁的黑潮，喙鯨與牠的朋友一同躍出海面，這時，喙鯨在波光粼粼的璀璨中看見了牠的好朋友，藍色且巨大，原來牠是一隻由海水組成的鯨魚，牠在陽光的照耀下閃閃發光，美得炫目，就像一個夢。喙鯨再度沉入水中時，感覺自己被同伴包裹、保護著，牠不再懷疑自己擁有一個不可思議的好朋友，並且牠們將會永遠在一起。

林醫生把故事書放回書櫃裡，小診所內陰暗地迴盪著冷氣機運作的聲響，玻璃門外的陽光尖銳地戳刺診所內遼闊的陰影，忽然間，林醫生痛苦地想起他的兒子，在同樣燠熱，讓人渴望海水的這個相似的夏天，一場颱風誘騙一艘廢棄客輪悄悄出航，那艘船上怎麼就剛剛好載著他年幼的兒子呢？在林醫生的心裡，總覺得兒子是出於自己的心願變得通體冰涼，濕濕潤潤，嘴唇發藍，當海巡隊將兒子拉上岸，他看見兒子變成他最喜歡的故事裡那隻孤寂的喙鯨。

林醫生感到一陣暈眩，他按著桌腳穩住自己，下意識為這股突如其來的眩暈尋找病因，好一陣子過去，他才想起這並非疾病，只是悲痛。

孩子魚貫走入林醫生診所候診的日子便在夏日的推移中逐漸成為歷史，然而這並不代表孩子們全然健康，相反地，這好發於小兒的暑熱症以前所未有的強勢佔有他們年幼、輕忽的身體，太麻里有耆老說是當初從南方而來的焚風使然，焚風幻化的黃色幽靈點燃光葉櫸樹以後，隨餘熱托胎在孩子們雙頰的紅暈裡，其後完全長成為暑熱的症狀，成為一種疾病，於是街上充斥孩童的咳嗽聲與他們病懨懨的身影，孩子們的父親向來大意，滿不在乎繼續他們農園裡的工作，母親們則繼續駐紮林醫生的診所，將擔憂融入長時間的絮絮叨叨，這段時日，任何藥物都對孩子們的暑熱毫無作用。每當有孩子在林醫生附近咳嗽一聲，總能叫他心頭一震。

相較之下，孩子們卻祕密地發現了這不可思議的暑熱症能為他們帶來一場無比古怪的遊戲。

那日，孩子王凱凱一如往常率領一干跟屁蟲前往正值暑假、空蕩蕩的國小，他們圍坐一圈，說起已經講過許多許多次的鬼故事：自然科教室的標本裡浸泡動物內臟，在半夜蠕動發光、社會科教室的巨大地圖板後方藏匿屍體、孩子們玩耍的遊樂場經常在無人時分迴盪幼兒的歡笑。

他們輪流說著鬼故事，直至夕陽走過山頭，他們仍然繼續地說，孩子王凱凱不知道、書蟲小多不知道、勇士拉厚克不知道、騙人精妹妹也不知道，其他聽故事或說故事的孩子更不知道，當他們說出一個屬於孩童的想像之時，那些想像爬出他們恣意張合的嘴，經過綻放兩團紅暈的面頰，彷彿便賜予了它們靈魂，在孩子們不曉得的地方，社會科教室地圖邊緣開始流血，自然科教室中浸泡福馬林的小動物開始呼喊媽媽，遊樂場的鞦韆兀自盪了起來。夜愈深，操場邊的司令台便愈寒冷，孩子們擠擠對方的肩膀，小心地更往圓圈中心聚集，故事仍在持續，最後一個故事總是由凱凱來說，於是他就說：從前從前有一群小孩，他們也和我們一樣喜歡在夏天的晚上到操場講故事，但是他們講著講著，不知道為什麼，他們發現隨著他們說得愈多，天色愈暗，漸漸地，他們被黑暗包圍，同時也被他們說出的故事包圍，腸子裸露的大赤鼯鼠悄悄安身膝蓋與膝蓋之間，地圖板內流出的血舒服地伸展全部，走出教室滑下樓梯，浸透紅土跑道往司令台前進，好奇地用濕潤的邊緣輕觸孩子的衣襬，然後孩子身邊的孩子突然不想聽故事了，他們拉著你的手邀你前往無人的遊樂場玩耍，你突然發現他們的臉是如此蒼白……

當凱凱說完這個故事，他們發現黑夜已完全降臨，他們也真的完全被故事包裹住了，好一陣子誰都沒有說話，半月從雲朵裡探頭，直到一聲輕笑從遊樂場傳來，所有的孩子們站起身，環視沒有其他人的操場，在發現甚麼異狀也沒有以後，他們驚駭地笑了起來。小圈子最外圍有個女孩子害怕得哭泣，凱凱說她「哭甚麼哭」，女孩轉過身，讓大家看清她衣襬新鮮的血跡。

「你們看到了嗎？」凱凱問。

小多和拉厚克不想承認，可他們和其他孩子都異口同聲說：「看到啦。」那天聚會到此結束，孩子們各自散去時，稚嫩的面孔都擠壓著一幅沉思的五官，並且感覺源自於體內的燥熱，那股熱令他們頭昏腦脹，雙眼濕潤迷離，每一樣東西都像新的。再到隔天，凱凱的跟班泥巴，發誓自己得到一個幻想朋友，叫做灰塵，沒人質疑，因為別的孩子也看見了，隱隱約約，如同鬼魂，泥巴掄起拳頭揍它時，形貌最真切，灰塵痛苦扭曲的小臉好似天主堂裡受難的人像。

辛太太的兩個兒子，小小和小大，他們忽然覺得母親賣的刨冰永遠不融化多好，於是兩孩子就這麼舔著同根不融的冰棒，從早到晚。

愛子開始逢人都說鮑博雅的女兒會在夜裡悄悄扒開窗戶，悠然自得且飄飄然地泅向月色，黎明時再偷偷游回來，老是忘了關窗，好似一艘歸岸的小船輕輕停靠母親臂彎。

除此之外更有多少孩子想像成真，說也說不清了，幻想如實的孩子間有個唯一共通點，即是他們全都患上了暑熱症。你或許要問這些誇大的想像難道不會讓孩子們的雙親覺察異樣？事實卻是大人們看不見這些孩子們的幻想，鮑博雅與辛太太如常攜上孩子往林醫生的小診所看診，巴奈則好不容易勸了自己丈夫到診所進行例行性抽血檢查，這名粗曠的中年男人，有記憶以來從未抽過血，他的妻子替他掛號了。林醫生親自為他抽血時，那男人問了一連串的問題：「醫生您看得到我的血管嗎」、「管子這樣綁著針刺得進去嗎」，林醫生一一應語，實則抬眉看外頭候診的孩子臉上一坨坨的紅暈，覺得心如刀割。

林醫生想盡辦法治療孩子們的暑熱病，卻不曉得孩子們一點兒也不想痊癒，他抓住幾個逃離診所的孩子，弄進診間嚴刑逼供，只得出這暑熱症讓孩子們產生某種有趣極了的幻覺，林醫生接著為了捉住更多孩子好帶回診所醫治簡直疲於奔命，暑熱的症狀竟然伴隨幻覺，林醫生只要想想孩子們為此可能承受多少痛苦，便覺心神俱毀。每到這時，林醫生都必須按按心口，深吸口氣，鎖好診所大門順著山肩徐徐散步，偷偷落下的淚在泥土地上繪出深色圓點。

趁林醫生離開太麻里大街，孩子們趕緊聚集在一起討論了暑熱症的幻想，他們準備確立彼此幻想中的細節，好把所有人的幻想都聯繫在一起，形成一個足夠他們玩耍的龐大世界。

「我們當然要把地板當成岩漿啊！然後大家都必須在傢俱上跳來跳去！」

「我們每個人都要有一個幻想出來的朋友，這樣沒有兄弟姊妹的人才不會寂寞！」

「光像水一樣，怎麼樣？」儘管沒患上暑熱症，書蟲小多依然勇於發問，同時間想起林醫生診所書櫃裡擺的繪本。

「不，那會讓我們淹死的！」凱凱不屑地說：「更別提那還是抄襲！」

小多閉上了嘴，雙唇顫抖，沒入人群外妹妹與拉厚克的懷抱中。

「自以為是！」妹妹尖利地喊。

「沒錯！」拉厚克附和。

對他們而言這是幸運也是不幸，所有孩子當中，有些人患上了暑熱症，有些人沒有，而他們三個恰好都屬於健康的那群。

儘管如此，患上暑熱症依然變成孩子之中的一種流行，沒患上的人渴望患上，已患上的則攜手加入一場浩大的幻想，他們的想像於焉連結了，值得做一個更大的夢。而小多、妹妹和拉厚克是如此不願意跟隨這種流行啊，畢竟老愛欺負妹妹的凱凱暑熱症症狀嚴重，更因此像隻孔雀般囂張。他們假裝不屑，實際上羨慕得要命，直到八月中旬，妹妹羞紅了臉掩飾著咳嗽，另外兩個孩子這才知道他們當初費心保護的受害者變成了背叛者，妹妹受到的懲罰是必須在這麼濕熱黏膩的氣候下與兩個朋友緊緊地擁抱在一起，直到暑熱也傳染給他們為止。

林醫生透早起床看見三個孩子黏在一起行走，就告訴他們暑熱症不會傳染，但他們根本不聽。

「凱凱正在建立自己的王國呢。」拉厚克緊貼著兩個朋友對林醫生說。他們用一種極為彆扭的螃蟹走路姿勢橫越馬路。「他一直欺負妹妹，又欺負其他很多人，我們也必須得到這種能力，才能打敗他！」

小多兇猛地點頭，而妹妹則被擠得哭喪著臉，一條鼻涕空懸在人中。

林醫生用好奇的眼光審視三個孩子，小多和拉厚克想起來醫生和他們並不是同一國的，於是一個大聲唱歌，另一個負責引導逃亡路線，他們又像螃蟹一樣蹓蹓地走開去。

這三個孩子遠離太麻里大街，遠離過去一起玩耍的同伴，但是林醫生看不見他們眼中的景象——妹妹、小多和拉厚克深信他們正遠離一個由凱凱統治的地盤——在他和他一幫跟班的幻想當中，充滿幼稚又不公平的壞事，他們以廢棄工寮充當秘密基地，限制只有患上暑熱的人才能進入過去大夥一塊玩耍的地方，健康的孩子再也不能涉足暑假中的國小操場、番茄枝園、竹林中的空地、大廟或垃圾場，凱凱早已安排同一國的同伴嚴加看守，至於不願意服膺他們幻想的暑熱症孩子，則遠遠地就被看守人富有攻擊性的想像力嚇得屁滾尿流。

燃燒的海洋。鬼魅的枯枝。龐大如積雨雲的怪物。當妹妹、小多和拉厚克匆匆逃往海邊，他們遠眺凱凱佔領的地盤所看見的「可能」就是那麼一回事，畢竟除了那些患病的孩子以外沒人知道他們的幻想裡有些甚麼。抽象得如同現實中一抹粉淡的色彩，像是白日夢，看著這兒眼裡卻注視奇異之處。像一層朦朧的糖霜敷在寫了名字的蛋糕上。像他們隨意地揮手指著空氣說這兒有甚麼，那兒有甚麼，學校老師說：那是一種象徵的手法。他們的手畫過空氣時留下殘影，成為一則隱喻的唯一線索。他們不說這「像」甚麼，而是直稱這「是」甚麼，於是在他們指指點點間，新的造物萌發蓬勃。妹妹三人當時遠看的就是那麼一幅由孩童所造最莫名其妙、難以言喻的光景，充滿他們獨有的天真殘忍，同時也美麗得不可思議。

妹妹、小多和拉厚克望著那景色，反倒沒有太多的讚嘆，心中僅存嫉妒，對孩子來說，這樣瑰麗的幻覺並沒有甚麼了不起的，他們隨便誰都有本事創造更大的奇觀。此刻兩名男孩更為了另一件事驚奇，他們的小妹妹正望著與他們相同的方向。

「這麼說你可以看到了嗎？」小多和拉厚克問。

妹妹搖頭：「只有幻想可以看見啦。」

他們三人彼此默契十足地一道咳嗽幾聲，再望向彼此，發現他們臉上都浮現了患上暑熱後專有的標誌：兩團暖洋洋的紅暈。

在海邊，他們本想安靜地坐下來討論如何打敗孩子王凱凱，不過廣闊的海洋帶給他們神秘的誘引，浪花與沙灘充斥可塑的樂趣，他們很快玩耍起來，撿拾漁民扔棄的魚骨來回拋投，或者將擱淺的河豚用小石子埋葬，他們沿著浪與岸的交際奔跑，將水花踩得飛濺，接著三個孩子凝視海洋，太陽灑落閃閃發光的海洋上方，有個行走於水上的孩子。他們興奮地跳躍並猛力揮手，妹妹甚至一腳踩上海水，小多、拉厚克見妹妹居然沒有沉落，也跟著踏上海的平原，他們追逐陌生的孩子，跑過一整片銀色發藍的平野，平野兩端是高聳壯麗的雲壁，夕陽在他們身後引領一整座發光的天空。直到陌生孩子的身影愈來愈清晰也愈來愈靠近。他們發現他是一個濕潤、普通的小男孩，有一雙藍色的嘴唇，像一隻離水的小藍圓鰺在空氣裡不斷顫抖、扭動。

妹妹和拉厚克開始七嘴八舌地問著關於海的另一端有些甚麼的問題，以及倘若他們不斷走下去究竟會碰到甚麼東西，當然，他們也問及了男孩的出身和他在此漫遊的原因。藍嘴唇的男孩沒有說一句話，他光裸蒼白的腳趾在海面寫下他正尋找他的朋友，是一隻擱淺的喙鯨呢。稚拙的字跡很快便在水底魚群的輕啄下消散。

「不，我們沒有見過擱淺的鯨魚。」拉厚克很肯定地說。

「也許牠會跟著遊行過來。」妹妹滿懷希望地說。

「你的爸爸媽媽是誰？我們從來沒有見過你。」小多顯得有一些警戒。

這時三個孩子發現藍嘴唇的男孩全身正涓涓滴水，當他眨下長長睫毛、美麗的黑眼睛，眼眶中同時溢出大量的海水，這讓男孩的外表看起來有那麼一點兒令人擔心。

「你看起來好冷。」

「你可能要去看一下醫生。」

「我們有一個很厲害的醫生。」

男孩聽了便露出微笑，太陽完全帶走白天前，他們跟隨男孩在這片原野上奔跑極遠，直至他們四周空曠，了無一物，島嶼和海灣沉沒消失，那便是一片專屬於他們的疆域，比孩子王凱凱所能擁有的更為壯闊、浩瀚。妹妹、小多、拉厚克與藍嘴唇的男孩並肩站在那兒，感受一種奇異的視野，他們知道這裡是另一個地方，未有人涉足也無關乎時間，站在這裡就是永遠。

他們最後回到堅實的地面，泥土粗糙的觸感和鬆散的植物氣味，迥異於海上銳利如金屬的味道，海面是單純，土地就是複雜，這讓孩子們尤其因不適應而暈眩，但他們記起自己的任務，他們要牽著藍嘴唇男孩的手前往太麻里街上林醫生的診所。他們行走時男孩身上始終流淌鹹鹹的海水，那些海水往他們正行走的方向緩緩地流去。

林醫生的小診所坐落於過去的墓地，小診所開張以後太麻里的孩子們認為總有一天診所本身也會鬧鬼，不過此刻這三個孩子內心隱隱約約，出於本能地知道他們在海邊遇見的男孩究竟是何來歷，他們只是無以名狀，因為在現實中，一個精確地說出口的名詞會讓他們嚇得驚惶逃竄，但模糊的預感屬於夢的一部份，而夢屬於孩子的一部份，所以他們並不害怕。當他們最終將藍嘴唇的男孩帶到林醫生掛上「休息中」牌子的診所，並且敲響醫生的門，診所內一蕊小燈外又亮起一圈白熾燈，他們看見醫生呆若木雞僵立的身子。啊。孩子們便想：看來醫生也患上了暑熱，差點忘了這男孩可能是個幻想，還以為醫生會看不見呢。

但他們並不能理解，就好像不能理解為什麼當光葉櫸樹燃燒起來時大人會將孩子全趕進家裡，他們現下也不能理解醫生隔著一層玻璃門，不肯開門的原因。

「醫生，他看起來像是生病了，快點看看他。」拉厚克以宏亮的聲音大喊。妹妹也說對啊，他有一種好聞的氣味，像燃燒的海草。小多則表示他的嘴唇是藍色的，怎麼想都不健康。

三個孩子推推擠擠，努力想把沉默不語的藍色男孩推進診所，而醫生的表情仍然顯得極度驚恐、難以置信。

「醫生，讓我們進去。」

林醫生結結巴巴地解釋：「不，這個男孩是我死去的兒子。」為此他差點咬斷自己的舌頭，醫生靠著門，手來回撫摸束縛狂跳心臟的胸膛，他怎樣也想不明白，他原本想說的是：「不，這個男孩像我死去的兒子」怎麼說出口卻成了「不，這個男孩是我死去的兒子」？

然而妹妹、小多和拉厚克持續不懈地將藍嘴唇男孩推進醫生的小診所裡，他們說：「不管是不是死掉/濕掉的嘛，他現在/最後在這裡，我們帶他來的/我們創造他的，醫生你好好看看他嘛。」

林醫生傾聽著，發抖著，由於隔著一片門不甚確定孩子們的妄語，然後他從口袋裡掏出他的檸檬黃手帕抹抹額頭，轉身打開了門。他甫一開門，三個孩子便一哄而散，急著奔向凱凱的國度向他炫耀他們已有了位於海洋更大的地盤。

林醫生對那沉默、低頭的男孩說：「好吧。」男孩身上滴著鹹苦的水，醫生找來乾淨的毛巾擦乾他，最後用浴巾層層包裹住他，但不一會兒毛巾又會濕透，很快地，小診所地板上匯集一小灘海水，那些水分彷彿是直接從男孩的毛細孔中滲透出來，順著細瘦的雙腿流到地上，無法停止，不斷不斷地流，形成一片小小的海，就在診所的地板，當男孩自顧自地到書櫃處瀏覽時，悄悄瀰漫的海洋有了迷你的浪與浪花，以及小如微生物的洄游魚，無論男孩走向小診所何處，他身上淌出的海水始終只流向林醫生的方向，好似醫生身上有某種引力，像月球般牽動著潮汐。

林醫生默然注視男孩拿起那本關於喙鯨的讀物，一如過去那般將書本攤開放在摺疊的膝腿，那本書很快便會濕漉漉的，但林醫生一點也不在乎，有一瞬間，他以為自己和男孩一樣眼中流出海水。那其實是眼淚。醫生想：很快便會停住。

室外，太麻里下起八月第一場雨。

對多日燥熱的太麻里來說，一場雨令諸事重新洗牌，暑熱、大夥約定好的幻覺內容、焦黑的櫸木殘枝四散狼藉。災後重建計畫的組合屋區由公家機關補助安裝天線，方便居民白天做完工後回家可邊吃晚餐邊看新聞，而最初關於一場颱風來襲的消息也在該時傳遞。不料隔天雨後驕陽，重來的酷熱讓人感覺空氣中流連不屬於人類的汗酸味，孩子們說是太陽自己的汗臭味，他們臉上紅暈未消，於是事情就這麼決定了。

太陽開始流汗，下起另一種形式，金黃的陽光雨。

「太陽的汗臭聞起來像曬乾的金針。」另一個孩子這麼說，於是當然，事情又這麼決定了。

林醫生一直知道暑熱症對孩子們的影響，他一直知道，至少比其他大人更加知曉，他曾在街上捉孩子進診所檢查，氣喘吁吁、雙眼發光，一手一個拎著小鬼們的衣領進屋，他以壓舌棒試探，冰涼的聽診器緊壓孩子們單薄的胸膛，不時往筆記本上記點東西，但更多的情報來自兒童守不住秘密、缺牙的小嘴。

某些時候林醫生了解他的兒子早已死去，鎮日冷氣機轟轟運轉的小診所裡不曾豢養他涓涓滴水的兒子，然而他就在那裡，將冰冷透明的海水灑得到處都是，當他遊走於白天渾然不覺的看診病患之間，辛太太、巴奈聊天時他把玩她們的頭髮，小小和小大唸故事書給他聽，妹妹、小多和拉厚克甚至經常到診所找他出門玩，林醫生會顫抖，感覺喉嚨堵著一塊巨大的悲哀。而他死而復生的兒子從不言語，他藍色如幼魚的嘴唇會微笑，但從不張開，不吐露一星半點死亡的秘密。

林醫生數著自己正處於悲傷的哪個階段，他兒子則站在診所外與妹妹、小多、拉厚克一同堆疊發燙的小石子，隔著一層冷涼的玻璃門，兒子艷陽下的身影更如同海市蜃樓一般，他腳下的陰影並不意味著真正屬於活人的影子，而是海水造成的濕跡，直到現在，玻璃門下仍淌進來自於他身上奔流不竭的海水，時時刻刻朝醫生蔓延。

柏油馬路底端，啞巴公主正哼著歌走來，林醫生因此想起她是那個代替自己兒子活下去的原住民女孩，在那個颱風夜，她和他的兒子原是多麼要好的朋友，卻因為一個賭約上了名為蘭嶼之星的廢棄客輪，隨後在狂暴跳躍的浪尖之際，他的兒子落海死去，那名女孩即便活著，也深受創傷，成為瘋癲的啞巴公主。

林醫生總是想跟著她，當她走在太麻里的街道，林醫生同時正憂鬱地散步，啞巴公主像是一塊磁鐵吸引他的心，彷彿只要他跟著啞巴公主一直前行，就能穿過時間，重新回到那個狂風暴雨的夜晚阻止兩個孩子上船。

現在，林醫生感覺無比疲憊，他站在診所內忽然明白過來，他無法回返過去，無法回到悲劇以前，但是他的兒子已經走過這幻覺橫生的八月來到他身邊，林醫生倏地又感到如此害怕，因而大步走出小診所，抓起兒子濕淋淋的手臂將他帶回屋內。

「他不能再跟你們玩了。」林醫生說罷，緊緊地鎖上了診所大門。

妹妹、小多和拉厚克面面相覷，儘管他們不清楚為何林醫生再也不准他們與男孩玩耍，他們實際上也無暇為此擔心，八月第一場雨過後，冷涼的空氣使孩子們被暑熱充塞的內裡有了改變。小道消息傳遍街頭巷尾，孩子們說：大戰要開打啦。

一開始，被雨水沖刷得乾乾淨淨的街道彼端率先出現凱凱的人馬。

凱凱那夥人老愛問：「你們要相信我們這邊的幻想嗎？」

由妹妹帶領的其他孩子嚴正拒絕，決不會說「不自由，毋寧死」，不過也所差無幾，妹妹瞎著眼，矇著頭，尖叫地往凱凱等人衝去，一路上所有的想像都為她繞行。所有孩子知道，這場戰爭的決勝處在於有多少人相信你的想像，那麼，你的世界便會在人們的相信裡持續擴張，關於這點，將自己鎖在小診所裡的林醫生倒有一些專業意見：這大概是心理學上一種「集體幻覺」，一群人共同擁有某種經驗，於是對現實情況極為敏感，腦海浮現幻覺。潛意識因此扭曲了現實，認為幻覺就是現實。

可是卻無人能解釋，為什麼孩子們能夠任意控制幻覺，並讓幻覺本身吞噬現實。

在凱凱那邊的幻想當中，他們住在金碧輝煌的大廟，飛簷上大冠鷲抓著一隻貓而貓叼著一隻金線鼠時刻警戒防止入侵，門口站著兩名身體如雲的巨人。每個加入他們的孩子勢必都有一個聽候差遣的幻想朋友。

在妹妹那邊的想像則較為凌亂，他們尚未統合獨屬於他們的世界觀，因此有人騎著山豬，有人手拿寶劍，有人長著翅膀，有人眼睛放射閃電。這場戰爭，妹妹要得勝著實困難，她奔跑之際撞上個人，致使敵對雙方深深吸氣，不敢妄自移動，妹妹一頭撞上的是啞巴公主。

啞巴公主和她的朋友，同時也是林醫生的兒子悄悄溜上蘭嶼之星以前，曾是一名女孩，而當她發著抖從廢棄客輪踏上陸地，她傷痕累累的目光揭示了她已流過血，不再是名女孩了。啞巴公主是一名少女，既不屬於孩子那邊，也不屬於大人那邊，她哪兒也不是，又是個十足的瘋子，站在孩子們布置的想像裡呈現出絕無僅有的可怕高大，過去孩子們尚未分裂時，他們一起對抗啞巴公主，那時從未有人被啞巴公主碰觸，孩子們一直相信，假如被瘋子碰觸，她會生生拆了他們。

而現在妹妹遭啞巴公主挾持，凱凱作為妹妹的親哥哥，已經嚇得魂不附體，小多和拉厚克抓著彼此以防對方衝上前要人，卻沒人預料得到，瞎眼的妹妹心中突起幻想，想像一隻瑩綠色的蝶類從啞巴公主裙底飛出，結果一隻又一隻，蝶群掀起啞巴公主的裙子，啞巴公主哈哈大笑，拍著手抖開裙擺，灑下滿地的毛毛蟲，那一瞬間，孩子們就知道這一回妹妹大舉得勝。

多一個人相信，幻想便真實一分，凱凱下令撤退，因啞巴公主如喝醉般歡欣跳舞的臉頰紅漲，明顯是被傳染了暑熱的症狀，抑是被幻覺找上的模樣。妹妹居然讓並非孩童的啞巴公主相信了她的想像，這是奇蹟般的壯舉。

那天晚上，當妹妹和凱凱不得已在他們母親的命令下爬上同一張床睡覺，他們會輪流針對母親講述的睡前故事大放厥詞；公主死於毒藥，不，公主被王子救活，天鵝打敗惡龍，不，野豬踩死天鵝。他們針鋒相對，試圖贏得一名大人的相信，卻弄得母親一頭霧水，她說：「乖寶寶，我們把這些留到夢裡。」

「她根本不相信。」母親走後，凱凱說。

「她是大人，當然不會相信。」妹妹回答。

「可是啞巴公主就相信你。」

妹妹翻身朝向另一邊，閉上雙眼得意地偷笑。

他們約好了第二場戰役，隨後進入夢鄉，孩子們入睡的夜晚，所有的幻想跟著沉眠，陷入夢中，泥巴的灰塵做了自己成為真正人類小孩的夢、小小夢見自己有另一個哥哥，小大夢見自己有另一個弟弟，他的名字叫做小中、老虎夢見叢林、藍嘴唇的男孩因夢見颱風夜裡獨自出航的大船而驚醒，林醫生沒有做任何的夢，他聽見夜裡再度降雨的響聲，走下樓梯到一樓的診所，看見他的兒子輕輕拍打大門。

林醫生心想：不行，外面正下雨，我不能再讓你出去，我不能，你會死的。

但他沒有說話，他在心裡和兒子說話，卻不能對這名藍嘴唇的男孩講，彷彿他只要一開口，他的心就會破碎。

他死去的兒子身上流下氾濫的海水，林醫生注意到，海水已在診所內匯集一公分高的積水。為了陪伴他的兒子，也為了防止兒子離開診所，林醫生進入自己的診療室，整理病人的病歷與書籍，他默記時間，暴雨的夏夜裡冷氣機轟轟運轉，外頭甚至傳來雷聲與閃電。

可是林醫生佯裝不知，假裝沒有聽見兒子正拍打著玻璃門，小診所內愈來愈寒涼，屋內的淹水水位也愈來愈高，林醫生再度對自己說：這只是一場夢。

他的兒子早於多年前便死去了，聽診器和承裝在鐵盤裡的針筒載浮載沉，當海水終於迫近林醫生鼻端，他深深吸了一口氣，旋即告誡自己沒有必要吸氣而深深地吐息，手上依然不停歇，盡心盡力書寫關於暑熱症的筆記，海水便在一瞬間漫過他頭頂，世界成為湛藍，林醫生吸進海水，感受到一陣沁涼暢快，那是否意味著他也成為了一隻鯨魚呢？

說實話。林醫生在心裡對自己咕噥著：當海水充滿整個空間，小診所看起來也就和平常沒甚麼兩樣，差別只在於所有東西都飛起來了。他撥動海水，鋼筆緩緩朝他飄去，他泰然自若拿起鋼筆寫下另一副字句：集體想像中的綿羊，相信遊行與不相信的孩子，扮演成人信仰的戰場，遊行始終會來到，瞎子心裡的世界更為龐大……

墨水溶入海水，半空中書寫剎那的文字轉瞬即散，這時林醫生連椅子也飄浮起來，他划動雙臂，越過眼前細小如小指指甲的雙髻鯊，游向候診間他敲打玻璃門的兒子。

林醫生雙手划動泅水，下半身仍然堅持漫步，他抱住他死去的兒子，在水中轉圈翻騰。

暴雨過後，飽受摧折的樹木在太麻里街上散佈斷枝，空氣裡飄蕩一股彷彿綠豆與白芷混合的氣味。太麻里唯一的診所從此關門大吉，妹妹、小多和拉厚克隔著玻璃門與林醫生比手畫腳。

我們——來找——你小孩玩——

林醫生連連揮手，皺眉擺頭。

小氣——我們——今天要——打架——

林醫生苦笑著再度揮手，從門邊離開。

「為什麼醫生的動作那麼慢啊？」拉厚克問。「我媽媽今天說要進診所裡拿個東西，醫生還要她搬梯子從二樓窗戶進去哩。」

「誰知道，醫生那樣走路，就好像太空漫步一樣。」小多說。

妹妹不在乎，她看不見林醫生，因此只拉著兩名同伴的手執著於今日的戰場，腦海中由音樂和口味構組的圖像正因八月酷暑帶來的燠熱產生化學變化，她過去、現在及未來都不可能真正地看見，以至於感染上暑熱所造成的幻覺或多或少算是接近真實的視力了，妹妹眼中有烏頭翁的啼叫也有可樂糖的甘美，由於十分的抽象而不能用於勾勒事物的輪廓線條，是以妹妹對畫面的認知並不存在線條。聽覺、嗅覺和味覺給予她的是塊狀的暗示，沒有顏色，也沒有邊際（當她不試圖尋找邊際時，團塊就在那裏，當她尋找邊際，則無邊無際），但正因如此妹妹開始用它們作畫，創造，想像之時，海浪潮音成為一種顏色，地面發燙的柏油路成為一種形狀，讓人疼痛的野生辣椒成為一種複雜的顏色兼形狀，她用這些創世。

所以，她將會知道她是如何贏得最終勝利。

起初於入夜的海邊，也就是小多過去和妹妹一同仰躺，擠痘痘的海邊，小多穿著國小制服，臉上除了兩坨紅暈以外，竟是光滑柔嫩，沒有一顆痘痘，小多指指天空中數不盡的星星，露齒而笑，他先彎腰行禮，好比指揮家在演奏前行禮。

小多接著便轉過身，抬起雙臂，他在山豬獠牙似的月亮上輕輕點了一下，月亮嘆息般地發出了銀色呼吸，小多彈動手指，天狼星便像彈珠那樣滾過七仙女星團。小多的動作愈來愈快，星星們也狂亂地隨之閃耀，他指向哪兒，哪兒的星星便劇烈地綻放光芒，流溢出乳白色的光，孩子們全都看呆了，他們從來沒有見過如此可怕、美麗的畫面，看上去完全不是小多掌握了星星的閃爍頻率，倒像星星們隨著小多的手勢在天空裡狂歡起舞。小多的手指畫過星空，拖出一條長長的流星尾巴，迸發出萬種顏色的火焰，以及悠長出塵的聲響。其他孩子愣愣地看著星空在眼前燃燒，那是多少煙火都無法創造出的畫面，獵戶座的腰帶被徐徐地彎折，讓小犬星溜滑梯，當一顆星碰觸到了另一顆星，它們碎裂成無數的小星，小星們再度碰撞，成為晦然殞落的星塵，而這一切又充滿了各式各樣的聲響，天鴿座被點著時，發出幼雛的悲鳴，一串鈴鐺似的星座被小多輕柔地握成一圈，清脆地響，還有當一整座銀河被他的手重重撫過，便像是鋼琴與豎琴同時演奏。

此後於清晨的山邊，孩子們在引領下來到，他們抬頭望向成為勇士拉厚克的拉厚克，他是那麼地巨大，彷彿一屏投影，身體透明如山霧，他在山陵間手執勇士之刀與神秘的怪物搏鬥，那怪物可比凱凱心中所想得更為龐然醜惡，是超乎孩子想像的恐怖，拉厚克皺著眉揮刀、躲避，身形從容。他自由自在地騰躍於山間，呼喊、歌唱，宛如行走於舊時部落的山道，部落裡年老的巫師都將替他祝禱，視他為嶄新神靈。

妹妹像這樣幻想著，她空茫的視線在幻覺裡聚焦，八月，九月，十月，她一手牽著一個小哥哥，牽著小多和拉厚克，她方才想像過他們將會如何得勝，但下一秒妹妹又感到如此地滿不在乎。

她從七月開始等待，八月已經過去，現在是九月，十月正匆匆趕來，妹妹一下子忘掉了小多指揮星星，也忘了拉厚克和深山怪獸搏鬥，她想要她的遊行，她一直想一直想，這是突如其來的決定，就像她第一次朝柏油路彼端使勁揮手，那時她看不見林醫生正遠遠地走來，其他孩子尚且也不知道林醫生正遠遠地走來，他們只是假裝開心地迎接一場遊行，只是巧合而已。酷熱裡蒸騰扭曲的空氣讓醫生的到來像是一場幻覺，也像是一個鬼，毫無疑問的，鬼魂是他們擁有過最好的幻覺。

妹妹臉頰上的紅暈讓她興奮得全身發燙，她跳起來，用力揮手，跳起來，向柏油馬路的另一端揮手。遊行！是遊行到了！她的熱情感染著周遭原打算與彼此展開戰鬥的孩子，因為在妹妹開口的時候，柏油馬路彼端確實傳來了一陣陣悅耳的音樂，還有模糊簇擁的點點人影。是反核遊行嗎？是廢棄遊樂園的嘉年華會嗎？還是時間不對的炮炸寒單爺？孩子們甚麼也不知道，他們問都不問，只是一會兒就相信了，於是當然，事情就這麼決定了，他們開心地大笑和尖叫，列隊行經街道，敲響每一戶人家的大門：「遊行！等了好久的遊行終於到了！」

一開始沒有任何大人相信，但是孩子們表現得煞有其事，表現得那麼純真快樂，鮑博雅首先抱著襁褓中的小女嬰好奇地走出屋子，她顯然看見了遊行，瞪大了眼失手令嬰兒墜落。

土地公廟疊茗葉的陳老婆子站在上坡處往下一看，喊聲「唉呦喂」，愛子早已跑得遠遠地前去加入遊行，陳老婆子抓著柄生鏽的剪刀，氣極敗壞地衝往下坡。

辛太太擺弄著製冰機冰屑四散，她店裡仍招呼著客人，但受不了八卦聽得見吃不著的折磨，扔下仍在運作中的製冰機躡手躡腳離開剉冰店。

巴奈回診所拿取自己的個人物品，儘管她弄不懂為什麼林醫生堅持要她搬張梯子從二樓的窗戶翻進去，她聽見遊行的消息時半個身子還懸在外頭，她大吃一驚，林醫生屋子裡滿滿藍色靜止的海水，而林醫生隔著樓梯在一樓水中，慢悠悠地翻閱一本魚類圖鑑。

林醫生過了幾個鐘頭才留心到診所外的異狀，不過原本他只是發現巴奈未在約定好的時間爬窗進來，因而感到一絲絲孤獨和憂鬱。巴奈進屋時總會在呼吸間吐出一串串圓滾發亮的氣泡，林醫生認為，那是他和外頭陽光鋪天蓋地的世界唯一的連結，也是他和活人唯一的關係。

林醫生因為巴奈沒能按照原本的時間進屋，外頭又傳來他從未聽過的音樂，不禁放下正在研究的書籍，他耳際飄過的翻車魚和瓶鼻海豚都不過幾公分大小，而他正在學習區別赤蠵龜和綠蠵龜的不同。他越過閱讀繪本的兒子走向候診間，按鈕開啟多日緊閉的鐵捲門，眼看光線一節一節入侵他陰暗的深海，他見到這世界上最難以形容的畫面。

鮑博雅的女兒在墜地前輕巧地揮揮臂膀，遊向天際，辛太太剉冰店內不斷飛出寒涼的冰屑，充斥遊行隊伍間，宛如八月雪。此時陽光比過去任何一天更為明亮、炙熱，令人頭暈目眩，也幾乎讓人睜不開眼睛，半開的眼瞼中，幻想更形真切。此時光並不像水一樣，因為光真的就是水，而且有一頭巨大的喙鯨在上頭飛舞。

林醫生的兒子放下繪本，用力拍打玻璃門，屋內的海水隨之晃漾，他想：我可不能開門，否則屋裡的海水會狂暴地洩漏，會像暴漲的河流般傷人。可是他的兒子，他的兒子依然不斷地拍打，在陽光與陰影之間，也在真實與幻覺之間，他死去的兒子渴望進入活著的世界。林醫生伸出右手，輕輕握住玻璃門的門鎖扭開，他試探性地推門，原只打算開起一條窺探外界的縫隙，可門一下子完全敞開了，海水一股腦沖了出去。林醫生獃然愣住，光線和溫度吃掉他，門冰冷地折向一旁，醫生停下來，定了定神，爆裂的蟬鳴擊中他的耳朵，其後才是熱鬧的音樂，他回頭看去，空蕩蕩且狹小的診所內乾燥沁涼，獨留冷氣機焦躁地運轉，林醫生再轉向面前街道，一片刺眼的燦白當中，他兒子的背影輕快地奔向遊行。

那是變化多端的遊行，也是奇思異想的遊行，是熱氣騰騰的遊行，也是光輝燦爛的遊行，有些人看見的是反核大遊行，有些人看見的是鞭炮四散的炮炸寒單爺，有些人看見的是原住民的祭典，有些人看見的是停工的遊樂園走出由流浪漢組成的嘉年華會，遊行是由溺死者和舞者、怪物所組成的，舞者是由鬼魂、動物和丑角組成，動物是由雲豹、雞、山羌、水鹿、土狗、黑熊組成，除此之外更多的是缺了眼睛、手腳的畸零人，他們有的吞吐火焰，有的拋投沙包，簡直令人目不暇給。鮑博雅飛翔的女嬰在空中游泳，像隻小海豚般飛向漁船造型的花車上她死於大海的父親，而鮑博雅只是追逐花車又哭又笑地揮動雙臂。陳老婆子擁抱一名日本軍官打扮的老人，生鏽的剪刀無意間裁斷了老人的腰帶，讓褲子落了下來，逗得一旁的愛子呵呵笑。小小和小大對辛太太介紹他們的幻想兄弟小中，辛太太莫名知道這不存在的小中是她曾流產的兒子，一瞬間淚眼婆娑……林醫生艱難地穿過這所有的一切，追隨兒子進入遊行中段，陡然見到他人高馬大的國小同學踩著高蹺緩慢躍過自己，一名演奏吉他的外國神父歌唱喬治哈里森的經典樂曲，醫生鍥而不捨，幾乎是驚慌失措地擠過層層人潮尋找兒子，奇形怪狀的人們橫越他身邊，醫生呼喊兒子的小名，他的語句化為泡沫破裂在音樂裡，醫生慢慢跪到地上去，痛哭失聲，卻只是為樂不可支的妹妹提供一顆特別大的氣球，她捉住醫生的痛哭緩緩地飄向天際。林醫生抱住自己，額頭貼著滾燙的柏油路面，隱隱約約，他發現他的額頭是濕潤的，於是醫生揩揩眼睛跪起來，觀察八月的陽光底下整個沒有影子的喧鬧遊行，但他能看見海水造成的濕跡，柏油馬路上濕痕逐漸蓄積海水，從不間斷流向醫生，醫生便順著海水穿越人群和他藍嘴唇的兒子對上視線，他兒子身上正洶湧地奔流海水，彷彿兒子正用盡全身哭泣，海水一直一直往他的方向流去，他的兒子微笑，盛大的太陽與遊行中，林醫生感受到自兒子死後，前所未有的鮮活與真實。

遊行的高潮之處，一艘巨大破爛的客輪划入街道，金銀流蘇和七彩燈串讓船體看來充滿節慶氛圍，並不醜陋。船身上斑駁的「蘭嶼之星」四個字浮動海水倒映，底下光影錯落，好似船正航行在平靜無波的藍色原野。啞巴公主身穿華美精緻的服飾乘坐其上，她黑白分明的雙眼凝視前方，頭戴單犄角，一如妹妹曾形容過的那樣。

當遊行末隊漸漸消失在蒸騰的熱氣之中，幾乎沒人發現八月就這麼過去了，它坐在最後一輛花車裡面，隨模糊的音樂飄遠。正是如妹妹所設想的，七月早已結束，八月正此離去，隨後九月、十月即將來臨。

他們的日子將會繼續，在遊行隊伍全然離開以後，發亮的柏油馬路盡頭逐漸乾燥，太麻里居民們紛紛散去，各自回家，他們意識到夏天已在白芷與綠豆的氣味中結束。

夏天結束了，孩子們的暑熱病也都好了，一個個從綿長的夢境裡甦醒過來，他們的母親不約而同鬆一口氣，他們的父親則執拗地同最初一般，認為這本來就是一種跑一跑出出汗便會痊癒的病，而無論父親或母親，誰都不曾提及那場遊行。醒過來的孩子們坦然接受了父母親不同形式的關切，依舊在早秋的午後奔跑於街道，彼此丟擲樹枝玩耍，比起幻想，似乎有更貼近於現實的樂子可找，又或者對他們而言，總有新的遊戲等著被發明。林醫生盼著暑熱病消的孩子中能有一個患上心因性的暑熱病，也就是並沒有患上暑熱但心裡以為自己仍患著暑熱的孩子，那種孩子沒法忍受色彩繽紛的幻覺世界驟間崩毀，他們哭哭鬧鬧地試著繼續扮演，而林醫生的診所便在等待中維持近乎永恆的荒涼寂靜，直至他意識到偌大的幻想世界已退縮到僅他一隅，濕漉漉的兒子在牆邊玩弄陰影，夏季已經結束，林醫生終於明白。

II

怪物之鄉

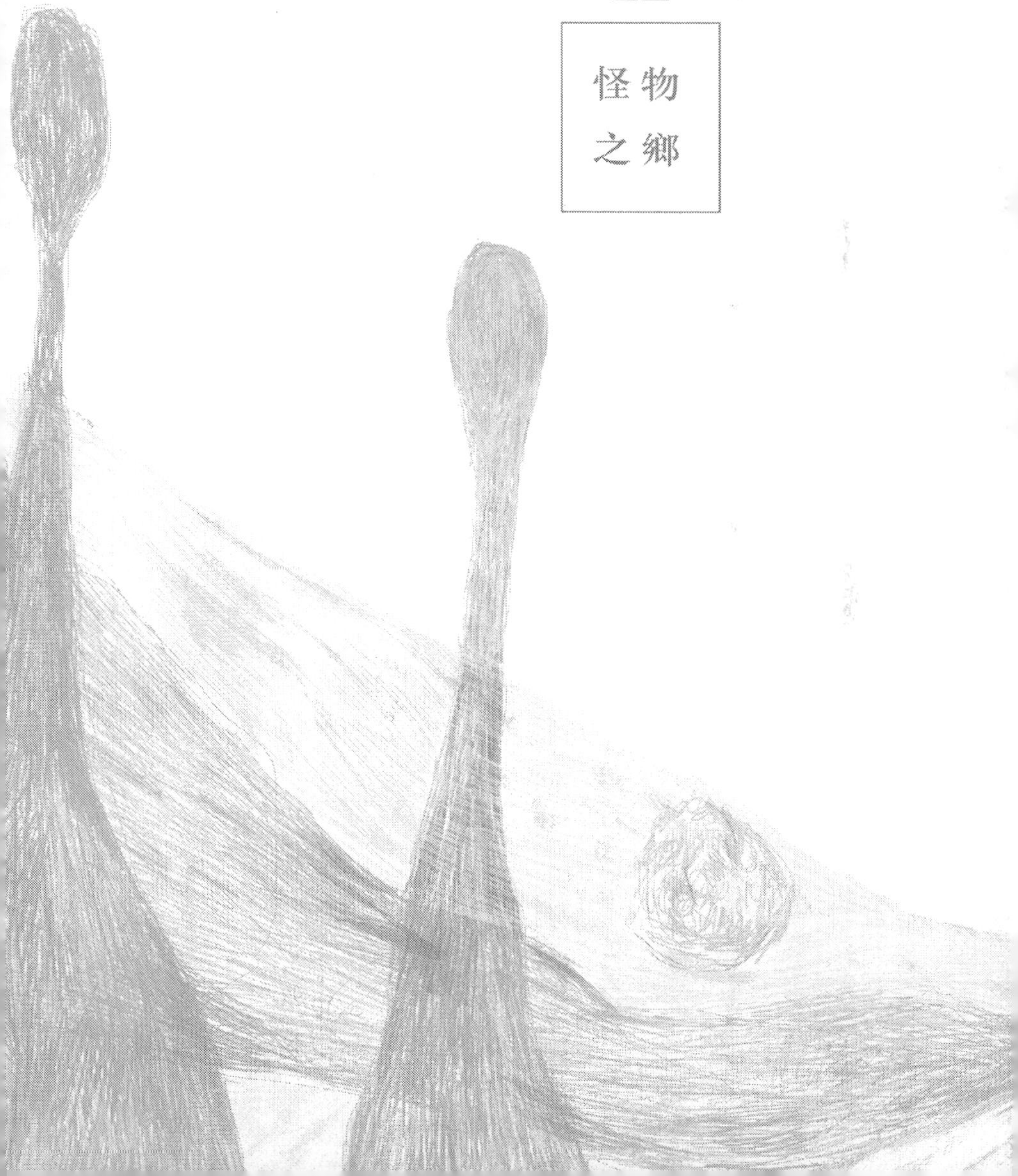

巴布的怪物

第一天上學的時候，巴布從長長的隊伍裡朝我咧嘴一笑，我便記得他了。

後來，巴布站在講桌上哭喊著「酷老師被怪物抓走啦！」並且用力跺腳，我坐在自己的位置上，安靜地吃營養午餐。放學後，巴布走到我身邊低聲說：「你可以陪我一起找怪物嗎？」他伸出手，掌心有一張年輕男人環繞巴布肩膀的照片。

那不過是五年級的事。

巴布長得像山豬，皺緊的鼻子和凸下巴露出的下排白牙，他說這個名字就是山豬的意思。但班上沒有人相信他，大家都叫他白癡，月考前十名的知道「智障」這個詞彙，便用來含蓄地稱謂巴布。

巴布常常流鼻水，他用手背抹，或者吃掉，他也經常抓癢，抓過的皮膚會搓出很多污垢。大家都不喜歡他，沒有人喜歡他，但是他喜歡女生，有一次下課，他把外套蓋在腿上，然後兩隻手伸進去抓癢，上課也不停止，他好像不知道自己在幹什麼，兩眼茫然地盯著黑板。

每個人都不願意接觸巴布，可是巴布身上的某種感覺吸引每個人捏他、抓他、咬他。曾經有一次巴布和一個同學吵架，他們彼此吼叫，巴布吐出一口口水正巧射進對方嘴裡，那人僵硬地安靜下來，將唾液吞下去，接著臉紅，得到不屬於自己的獎賞般跑走了。

巴布非常著迷於人體的污穢，他撥弄頭皮屑猶似飛雪。奔跑後將手指夾在匯積汗液的膝彎處，嗅聞那氣味。或者為了吃鼻屎將鼻腔挖到流血。午休時，他偷偷趴在桌下吸吮被鼻涕浸透的袖口。他的衣褲破爛散發腥臭，很少穿鞋，儀容檢查日他把鞋子用鞋帶綁在一起，掛在肩膀上到學校，穿鞋的時候往鞋裡灑小石子。

我在十二月轉學到這裡，爸爸和媽媽對這個地方沒有多作解釋，但我從車窗裡看見岔路上一個巨大的地標，綠色的，有很多疙瘩。我們在清晨到達，那時左邊海平面初昇的太陽從雲層裡射出金色的光束，右邊則是層層山巒。

「這裡距離我們土地的東邊是非常近的。」我說。

爸爸讓我閉嘴。

我們的房子就在販賣日常用品的街上，每天早晨會有很多人在那裏購物，但還要在往後面一點並且右轉進一條石子路，路的盡頭才是房屋。

從住屋到海邊要十五分鐘腳程，到山腳要十五分鐘，至於到學校只要十分鐘。每天我吃完烤土司和煎蛋就會走下石子路，沿著清早販賣餐點和食材的熱鬧街道一直步行到最後一個街口才左轉直走，很快就能到學校。

有時我會變換一下路線，爬過住屋附近很高的圍牆穿越對面一戶不知名的人家，從那走會縮短一分鐘的路程。

我走正常路線時巴布總出現在最後一個街口，那裡有家拴著小豬的雜貨店，巴布的爺爺開的。

自從那天巴布站在講桌上吼叫以後，他每天都會在上學的路上對我說怪物的故事。

「巴布的名字不只是山豬，巴布還是一種怪物，我爺爺說牠從史前時代就住在黑暗的森林裡，是哪種史前時代？你、你不要打斷我嘛！爺爺說那怪物頭很大很大，四肢長在腦袋邊……牠只喜歡吃老師。」

「為什麼？」

巴布睜大眼睛：「因為老師有很多知識！」

「所以牠的頭很大？」

「對！」

「因為裡面裝滿知識？」

「對！」巴布挺起胸膛，用力地拍了拍心臟的位置。

「牠是怎麼吃老師的？」我問。

巴布皺緊了臉，過了很久才回答：「不知道。」

「那牠也許沒有吃掉老師。」

「沒有吃老師，那酷老師呢？」巴布的眼睛睜得更大，臉色慘白：「老師在哪裡？」

「也許在森林深處給長著四肢的腦袋上課。」我說。巴布瑟縮了一下，我立刻補充道：「那些腦袋都很溫馴，像剛出生的小狗狗。」

巴布直直望著我，嘴巴微開，過了一會他開始用力跺腳，就像我第一次看見他時一樣。

「我要酷老師回來給我上課嘛！」水慢慢從巴布的眼睛、鼻子、嘴巴裡流出來，他跺著腳，憤憤地呼吸，直到遙遠的學校鐘聲傳來。

「我要找怪物，我要找酷老師。」巴布抓撓自己臉上的肉，使勁擰著，有些水就這樣被擰了出來，到地上去。

「你怎麼知道怪物在哪裡？」我問。

「我知道，放學後我們一起去。」

「會很遠嗎?」我說:「我得在晚餐前回家。」
「那裡。」巴布食指劃向舉目可見的大山,與海相對,綿延不盡的稜線,我不知道它的名字。
「看起來不遠。」
「我們還有一個秘密基地。」巴布給了我一本圖畫紙作成的小本子,最末頁是鉛筆繪成的地圖。「這裡,竹林深處。」
我同意了,並且決定下課後出發的時間,巴布舔食唇上的鼻涕,朝我咧嘴一笑。
「酷老師沒被抓走的時候我每天都上學。」他說:「酷老師不在了我就不想了,我要花時間找酷老師。」
「那今天呢?」
「今天我陪你。」
然後我們到學校去。
我們的學校很大,從大門進去是鋪滿紅土的操場,正對司令台,後方是一列班級教室和老師辦公室,總共兩層,低年級教室、圖書館在第一層,音樂教室、辦公室和高年級教室在第二層,樓梯下方有魚池,巴布說自然課老師會帶我們去那裡看蜻蜓的小孩。右側是營養午餐廚房和幼稚園教室,左側是遊樂場。校園最後面有植物園,裡面有幾隻天竺鼠、公雞，以及一隻尾羽殘破的孔雀，每隔一段時間牠會開屏，發出很大的爆裂聲。

我們班上有十四個人，一個轉學生，一個又瘦又高的女生，一對雙胞胎，三個金髮碧眼的俊俏男生，三個過動兒，四個智障，十一個原始住民，十二個貧窮家庭的孩子。

這學期的老師是個乾癟細弱的年長女人，她在黑板上寫下自己的名字，清晰、微笑地說這裡是個落後的地方，而且她留意到我們有些人根本不洗澡，我們身上有污垢、頭蝨，還有為數不少的同學熱愛玩頭皮屑。但是她一方面又同情我們，我們是如此可憐……幾分鐘後，她發作業本給我們。寫了一會兒，她開始唱名讓每個人到前面交給她營養午餐費。叫到某個名字時，巴布頂著我的臂膀說：「阿農。」

「什麼？」

「他們叫她『香臭阿農』。」

我轉頭時，一陣暗紅的氣味從經過的衣擺下竄出，甜蜜、令人欲嘔。那個又高又瘦的女生動作僵硬地經過我，然後到講桌前對老師說：「我忘記帶了。」

新老師面無表情點點頭，叫了我的名字。

下課時間，巴布帶我去騎斑馬。斑馬在乙班教室前的草地上，學校用鋼筋水泥做了許多動物塑像，斑馬對我們來說最容易騎。

「我先！」巴布很快爬上雕像，我站在下方仰望著。這樣做其實是被禁止的，但我們無法遏止騎乘任何東西的慾望。

巴布踢蹬雙腿，低喊「呀　、呀　」，然後他突然靜止動作，兩眼凝視遠方。

「他們在藏阿農的鉛筆盒。」巴布說。他想下馬，這時三個俊俏的男生從草叢後方走過來，巴布便停住不動了。

三個男生環繞斑馬，其中一個男生對巴布說：「下來，老師說不能騎馬。」

巴布緊抿嘴唇，佯裝他們並不存在。

「巴布。」我說。

「下來。」另一個男生伸手抓他的腳踝，巴布抱著斑馬頸部，用力搖頭。

三個男生最終安靜，直到巴布把頭抬起。他已經哭了。

「下來。」第三個男生說。

巴布顫抖，右腿抽動了一點，但幾分鐘後他仍在雕像上。

三個男生圍繞斑馬走動，他們的姿態輕盈優雅，眼神如刀刃般遊移，最後第一個男生說：「去找石頭來。」

我說：「巴布。」

巴布這次終於能夠跳下馬，我們從三個男生旁邊走開，巴布用力咬嘴唇，幾近滲血。

我們在草叢後面的水溝裡找到阿農的鉛筆盒，拿去還給她時，才剛接近阿農前面第二張桌子，那股奇異的香味再次若有似無地懸滯於前。巴布將濕淋淋的鉛筆盒放在阿農桌上，朝她露出缺牙的笑。

我站在後方看著，阿農一句話也沒說，把鉛筆盒打落到地上。

巴布露出奇怪的笑容，不斷扭著手指，然後他猛然問：「你要和我們一起去找怪物嗎？」

阿農不回答，她的手指在桌上畫圓圈，過了很久才問：「什麼怪物？」

巴布的額頭開始冒汗，他嗑嗑巴巴地說：「在……山上。」

「放學後我們會去，並且有個秘密基地在竹林裡。」我說。

阿農考慮了一下，回應道：「你們很好笑。」

「什麼意思？」

「五年級了還玩這種遊戲，很好笑。可是你們比那三個男生好多了。」

我代替巴布說：「山上有專門吃老師的怪物，你是學生，有義務和我們一起去。」

「你應該對全班說。」阿農回答。

放學後我注意到阿農從老師唱名後第一次從位子上站起來，她一整天都沒去上廁所，也不到外面騎斑馬。待同學全部走光以後，我和巴布停在門口，看她慢慢從座位上站起來。教室的燈已經關了，木椅子上有一塊污漬，太暗了看不清楚。

「走開！」阿農發現我們在看她，很大聲地叫著。

我和巴布離開了，一路上很安靜，只有他吸鼻子的聲音，我到家的時候故意不和巴布說再見，他的手從後方抓住我的領子，我用力把他推開。

「怎麼了？我們不是要去找怪物嗎？」

我說我不相信他了，世界上不可能存在那種怪物。

「我帶你去看證據，你就能相信我嗎？」

「也許，而且我要拿走其中一個，那是我應得的。」我回答。

當我們按照巴布的地圖走向竹林時，路上經過了巴布爺爺的雜貨店，那隻小豬安靜地睡著，巴布愛撫小豬，一面望向發光的灰色雲朵說：「今天的太陽陰沉沉的。」這句話不正確，但很精準，我們便在奇怪的光線下進入竹林裡，因為那些光眼前如同迷霧一片，我勉強看見竹林深處幾具已經開始腐爛的木頭桌椅。

巴布問我想不想先休息一下。

我評論道：「這個秘密基地很隱蔽，但我要先確定怪物是存在的。」

於是我們就往竹林更裡面走，巴布抓住我的手腕領在前頭，我們走到完全沒有光線為止，然後巴布拿出手電筒照著茂密的竹林。我們慢慢沿著坡道走，累了就靠竹子休息。最後在一片漆黑中，我們再也看不見手電筒光線以外的景色時，我們忽然一起滾落，在四射的光線裡，滿地枯葉子亂飛，我們在很深、很深的地方，屁股下都是沙子，遠方傳來怪物嘩嘩的叫聲，手電筒在幾步之外指向天空，巴布衝過去撿卻被某樣東西絆了一跤，過了幾分鐘，他拿手電筒和一樣東西過來。

「伸出手。」他說。

我照辦。光線還未來時，我不知道手裡的東西是什麼，光線來時，那是一個好小好小的人類頭骨，殘缺不全，卻正滿一握。巴布便用手電筒從下往上照自己的臉，對我咧嘴笑。

他知道我相信他了，那時候滿地都是骨頭。

我們回家的時候已經很晚，我全身都在發抖，出力抓緊手中的頭骨也不能止住，現在是夏天，巴布看我抖得那麼嚴重，就問我是不是感冒了。

「你為什麼要叫做怪物的名字？」我牙齒打顫地問。

巴布愣了一下，然後回答：「我也不知道。」

隔天全身都很痛，我想起自己剛來這裡的第一天早晨，是被噴射機的聲音吵醒的。後來每個星期一我都會聽見噴射機呼嘯而過。我覺得噴射機的聲音很大很有力量，大概和學校的孔雀一樣大聲。爸爸很討厭噴射機的聲音，因為那聲音會讓他驚醒，以致於一整天精神都變得虛弱。他之後幾次被驚醒，立刻套上外套衝出門拿石頭丟天空，吃早餐時很兇地和媽媽說要想辦法把那些飛機打下來。

我沒把他們的對話聽完，直接出門上學。

事實上就連我們坐在教室裡時，老師都要故意放大聲音才能蓋過噴射機。不過今天老師在講台上打人，比噴射機更大聲，巴布要我注意阿農，她被打完的時候手藏在裙子後方的口袋裡蓋住臀部，依舊快　、僵硬地走回座位。

「今天的太陽陰沉沉的。」巴布悄悄對我說。

「她為什麼要那樣走路？」我問。

「不知道。」巴布想了一下，又說：「她受傷了。」

「是怪物做的嗎？」我問。

「不，怪物只吃老師。」

下課時我們去問阿農要不要和我們一起找怪物，她看起來又想笑了，我把頭骨放在她桌上，她的臉變得好白，看著我們很久，最後說：「好啦。」我們放學就留下來等阿農，她在所有人都走出教室以後，才慢慢從座位上站起來。

「你們走前面。」她說。

我們照辦。

巴布領先進入竹林，向阿農展示我們的秘密基地，她飛快地揀一張朽爛的椅子坐上去，然後看著我們。

「所以呢？」阿農忽然說。

「什麼所以？」我問。

「你們不是在找怪物嗎？找到了嗎？」

「沒有。」巴布很小聲地說。

「但我們可以去有骨頭的地方等怪物。」我轉頭和巴布說。

巴布搖搖頭：「那裡太深了，我們跳進去就像被關在籠子裡，沒有辦法逃跑。」

「你們順水流找過嗎？」阿農問。

「什麼意思？」

「你們已經知道怪物吃什麼，那牠應該還需要喝水。」

「你是對的。」我說：「這附近有水嗎？」

「有一條溪。」巴布回答：「這裡唯一一條溪，從山上下來的。」

我們又跟著巴布走，那條溪和山、以及前面的海一樣，都沒有名字。一看到溪阿農便很高興地將下半身浸在水裡，不肯起來。我聽見她嘀咕著：「不痛、不痛，好冰好涼，一點也不痛了……」溪水應該是非常舒服，因為阿農完全沒發現自己已經走在前面。

我們浸泡溪水往上游走。我和巴布不時偷偷看對方，一起小心地移到阿農身後。

我們把阿農的裙子掀起來。

她大叫，但是沒有反抗，祇是受到驚嚇而已。我們看見阿農沒穿內褲的雙腿間，傷口流出血來。

我指責她：「你不能再有秘密，你已經是我們的了。」

阿農看著我的眼睛很大，有一點瘋狂和期待。然後她把自己的裙子蓋起來。

她說：「你們的怪物把我弄傷的。」

「才不是！」巴布大聲說：「你不可以這樣說我們的怪物！牠不會做這種事！」

阿農看了我一眼，便低下頭說：「沒錯，我剛才只是不想說出事實。」

「但你現在必須回答問題了。」我說。

「可以。」

「你為什麼流血？」

「長大總是要流血的。」阿農回答，緊咬住嘴唇，好像在等我們嘲笑她。

但我們沒有嘲笑她，我們完全明白。

我們攜手　進太深又太急的水流裡，最後到達很高的石壁，我們爬不上去，巴布哭了，回去時看到星星，他又笑了。

「你們看！那是獵戶座的腰帶，那三顆星！今天的銀河好漂亮，那是仙后座、月亮下面的是金星！還有那裡！七仙女星團！」巴布指著天空叫，開始手舞足蹈：「啊！那麼多的星星！不是很像樹蔭嗎？晚上是一棵樹包圍住我們，然後陽光從枝葉間灑進來！那就是星星啊！這麼多——這麼多的星星！不是很美麗嗎？」

巴布忽然住嘴，溼屁股坐到空蕩蕩的柏油路上。

我們也跟著坐下。

「讓我想起故事，爺爺說的喔，也是發生在史前時代。」

我打斷他：「史前時代？」

「對，史前時代。」

「舊石器時代？新石器時代？或者……」

「不知道啦。」巴布緊張起來，哭喪著臉哀求我：「你不要打斷我嘛！」

阿農豎起食指放在嘴上。

「史前時代……就是很久很久以前，最早最早、最初最初。有個老原始人坐在一棵樹下，有另一個年輕的原始人走過去，他問老原始人那棵樹是什麼樹，老原始人很高興地回答他……就這樣，沒了。」

我們安靜地聆聽，結束後也沉默很久，覺得胸口悶悶的，很不舒服。

阿農問：「後來那個年輕的原始人還有去樹下找老原始人嗎？」

「有啊，每一天，無時無刻。」巴布想了想，加上一句：「只要他有疑問。」

「老原始人一直在樹下嗎？」

「他從來不會走開。」巴布回答。

「但總要上廁所、吃飯吧？」

「不用。」巴布一個字一個字用力地說：「不——用。」

那天又很晚回家，爸爸叫我跪下，我問：「為什麼？」爸爸的皮帶就更用力抽在我胸前，我沒有躲，因為爸爸說我不能躲，我問：「為什麼？」是因為我的腿，分明是我的，可是我不能控制它們挺直，它們軟下來了。

我感到很困惑。

爸爸要我說實話，問我這幾天放學為什麼沒有馬上回家，我說我到同學家裡開的雜貨店寫功課，可是爸爸不相信我，他坐得高高地，說我是騙子，除非我說實話，除非我永遠都說實話，否則他不會放過我。然後爸爸要我跪在他面前，把上衣脫掉，摺得好好的放在腿邊。

我開始想像噴射機的聲音。

隔天去上學，老師跑過來和我說，放學要去家庭訪問，但是只有我。我看巴布，他今天吃了特別多的鼻屎，忙碌到無法說話。放學前五分鐘時巴布才對我開口：「早上看到很多動物屍體噢。」

「在哪裡？」我問。

「到處都是。」

「和怪物有關嗎？」

巴布揚起臉笑：「嗯，一定是怪物知道我們在找牠，所以不敢抓老師了，只好殺小動物。」

放學時我們邀請阿農和我們一起探查動物屍體，她瞇著眼睛靠近我，嗅了一下。

「你聞起來好香喔！」她說。然後整個身體都貼到我手臂上，那裡覆蓋著長袖襯衫，襯衫下覆蓋著芬芳的傷口。阿農用鼻子隔著布料摩蹭，直到傷口再度流出血來。

「好悲傷啊……」阿農閉著眼睛說：「當小朋友好悲傷啊。」

我們走到學校外面時，站在一排茄苳樹下，我問：「要如何才能不這樣緩緩地流血、緩緩地長大？」

阿農從一棵茄苳樹邊撿起一樣東西，輕輕放入我攤開的手心。

那是一隻不動的金色昆蟲。

「死了。」我說。

「對，但也活了。」阿農說。

「甚麼意思？」巴布吸著鼻涕。

「我不知道。」阿農細細的手指一把將我手中的蟲捏碎，裡頭空空的：「只是這樣……牠活了，我也不知道為什麼，牠在這裡，但是也不在，牠因為這樣死過，所以活了。」

「那牠現在在哪裡呢？」

「不知道，但一定是比這兒更好的地方。」

我想到自己忘記帶頭骨，和他們約好看屍體的時間以後就回家了。

還沒進到家裡，我就看見老師的頭出現在窗口，她和媽媽不知道在說甚麼。爸爸還沒回來，我偷偷躲在窗下聽，聽老師對媽媽拜託。

「那時候簽了三年，可是我希望今年就走……」

「不是瞧不起這裡，只是太不方便了。」

「您的先生……不知道能不能幫幫忙？」

從家裡離開時，我忽然想到一些事，遠遠地看見阿農坐在約好的馬路邊，巴布還沒有到達。那時候我便坐在她身邊，想著一般孩子不可能明白的事情，但我仍對阿農說：「希望你不會笑我，此刻我很害怕。」

「你害怕什麼呢？」她看也沒看我，只是回答。

「你覺不覺得這個世界除了你自己以外，其他人都被操控了？」

阿農想了想：「我覺得這個世界只有我在動，當我轉頭，其他人才會移動，而當我的視線移往他處，看不見的便完全靜止。」

阿農的想法和我不同，但一樣奇怪，我們坐著等巴布時便一直講這些事，等巴布來，我們都看見他手中抱著雜貨店的小豬，被開膛剖肚，粉紅色的內臟流出來，在地上拖。

巴布的臉又皺在一起了，他把小豬放到馬路邊，拚命抹臉上的水。

「甚麼時候發生的？」阿農問。

「不知道，怪物來我家了。」巴布一直抽著氣：「怪物來我家了，老師呢？老師在哪裡？」

然後巴布丟下小豬朝山上跑，沿著馬路，我和阿農追上去，跑很久很久，我們看見唯一的那條溪水，沿著溪水，我們又往上跑。跑到之前無法翻越的山壁時，巴布跳到溪裡面，衝進白色的水花，阿農在我背後，拉著我的手，一直嘗試想說話，但水讓她不能開口。水底有漩渦，阿農的手鬆開了，又好像推了我一下，阿農沒有力氣上來，我只能自己一個人找巴布。

「老師在哪裡？」他就在水上，啞聲問我。

我拉他，兩人一起往山裡更深的地方。巴布要找怪物，他說怪物正等著我們。陽光在厚實的雲層裡逐漸變暗，陰沉沉的，我和巴布看不清楚了，只聽見風吹動樹枝的聲音，還有貓頭鷹嗚嗚的叫聲，走了很久，我牽著巴布，一手拿他的手電筒照路。愈往深處路面愈顛簸，比竹林的路更艱難，我們不斷跌倒、不斷爬起來，巴布甚麼都沒說。

周遭都是又高又硬的樹，長得很密集，我小聲問巴布：「是這裡嗎？」

悄悄起霧的深山裡，巴布點了點頭。然後我們躲在一叢灌木裡，安靜地等待。我從口袋裡拿出頭骨，層層迷霧之中，它清晰的白色猶如真相。

噴射機從山頂經過，轟隆轟隆。

這時候，有黑影從坡上急奔下來，巴布拿走手電筒往影子身上照，一片亮光，我們便看到一隻成人般高的巨大野獸。那是我們過去不曾見過的形象，野獸口吐白沫、樣貌猙獰地喘息，牠長得異常醜陋，滿嘴參差不齊的獠牙、稀疏雜亂的毛髮，高聳的背脊，細瘦的四肢支撐臃腫野蠻的身軀，窄小的後臀幾乎掉光了毛。牠的鼻子大而且皺，佈滿傷疤，紅色的眼睛在手電筒的照射下發出可怕的光芒，牠被手電筒嚇住，以至於停了下來，牠急促地喘氣，唾液從斷裂的牙齒中淌落，發出噠噠的呻吟。野獸看了我們一會，便竄進遠方的黑暗裡消失無蹤。

手電筒沒電時，我們往回走。

「阿農呢？」巴布顫抖地問。

「不知道。」我回答。

在下游找到阿農時，她眼睛還睜得大大的，我和巴布過一會發現她已經死掉了，就拿一件溼透的衣服蓋在她臉上。但是阿農的聲音從布料下方傳來：「不痛、不痛，好冰好涼，一點也不痛了。」

我們又把衣服拿起來，阿農還是看著天上的星星，眼睛很大很大。於是我們又把衣服蓋回去。我拉前面，巴布搬後面。他把手伸到阿農下面，忽然又抽出來，驚訝地對我展示手指上的鮮血：「她還在長大耶！」

我們悄悄把阿農抬下山，放到怪物的骨頭堆裡。黑暗中，怪物依舊嗶嗶、嗶嗶地吼，巴布專心看著地面，一下一下踢骨頭。

「酷老師那時候說：『下學期見，巴布。』可是開學典禮上他沒有來。」他說。

我回答：「可能他有別的事情。」

巴布眼睛紅紅地想笑，但他的笑容讓整張臉都裂開了：「不是、不是，我知道酷老師去哪裡了，他被怪物抓走、吃掉了，和每個老師一樣都在這裡面了，我早就知道的，每次每次，從一年級的時候，妮妮老師笑笑的說：『下學期見，巴布』，可是下學期變成琪美老師，放假前，琪美老師說：『下學期見，巴布。』下學期後又換成俊生老師……後來還有好多好多老師，他們都說：『下學期見，巴布。』下學期老師又不見了，其實我早就知道，酷老師說：『下學期見，巴布』那時候我就知道了……酷老師也會被怪物抓走。」

我們站在骨頭中央，巴布的頭低低的，雙手握成硬梆梆的拳頭。

過了許久，他才繼續說：「酷老師還答應我要來畢業典禮。」

「畢業典禮是六年級的事。」我說。

巴布用拳頭使勁擦眼睛，回答：「酷老師被吃掉了，所以不會來了。」

我把他的手鬆開，問：「他做了些什麼？」

「酷老師教我寫注音，我以前到ㄏ都不會，酷老師讓我全部都會了，酷老師還打他們——打！打那三個男生！他們不會欺負我了！酷老師告訴我竹林的秘密基地，我可以一個人在那兒玩。學期結束大家交換禮物……我沒有拿到禮物。」巴布呼喘，發出抽泣般的笑聲。「酷老師特別去買禮物補給我，是、是星座盤！因為這裡的星星很乾淨、很漂亮，酷老師教我用，我最喜歡看星星……」

我和巴布沿著柏油馬路下山時，天上的星星確實多到數也數不清。這個地方的路燈是相當罕有的，但那些一閃一閃地我看見——畢業典禮當天，我們站在會場中央，下半身穿著彩球做成的草裙，頭上別塑膠花，老師決定的畢業裝扮。

沒人哭，我們空洞地站在會場中央。

「在哪裡？」只聽見巴布驚恐地問：「酷老師有來嗎？我沒看到……被怪物吃掉了吧？天啊、天啊，老師在哪裡？」

我看到照片上摟著巴布肩膀的男人就站在校長後面，但他什麼都沒說，於是，我也緘口不語。

巴布的怪物我知道。

怪物之鄉

西元兩千年一月一日，每個人都在。

（而我不。）

九年後，八月二十一號，於陰暗無光的客運閱讀一本史前博物館的書，有關原始人類宗教的章節裡一幀解說牌照片：恐懼是神靈的第一個母親。人類初次看到太陽，敬畏它的力量，在將其當作神崇拜以前，人類更把太陽當作一個……

車廂內一根燈管在抖晃中熄滅，無法供給閱讀。

「太麻里是個很漂亮的地方噢。」隔壁座編寫簡訊的陌生人突然頭也不抬地說。

「嗯。」

「你知道全台灣甜度最高的水果是什麼嗎？」他又問。

「不知道。」

「是釋迦！甜度有十，去太麻里一定要吃釋迦，那是太麻里的特產。」

「嗯。」

「對了，你是回家嗎？」

「家？」這個字剛出口，前座有人拉開窗簾，剎那間衝進一片強光，窗戶被明媚的海景占據，而在那純粹無辜的巨藍以內，陸面有一切答案。

我望向窗外瘡痍遍地，輕聲說：「不，我沒有家。」

陌生人發送了簡訊，因此沉默。幾分鐘後我開口：「你知道，這片海是我的。」

一開始滔滔不絕的陌生人現在安靜下來，臉色十分詫異。

「這片海的形狀，就像一塊吻合我心缺失的拼圖，無論我在哪裡，無論我看過多少海，我永遠不會忘記這線條和顏色。」我伸出手指在車窗上畫，沿著子宮的曲度：「是我的，她也知道，從我小時候第一眼看見海，然後說：『我要進去洗澎澎』那一刻，我給海取名字，從此以後，她就是我的，我的。」說到「洗澎澎」時我縱聲大笑。

那個人終於完全安靜了。

未下車前，我從口袋拿出皮夾尋找車票交給司機，伸伸懶腰，舉目四顧。

再次回到這裡，我被絢爛的陽光所震懾，光線刺痛雙眼以至於無法完全張開，而灰濛的記憶是此刻的影子。

蟬在熱浪裡鳴叫。

我脫掉上衣，走入幽靈往事。

將左手插進褲子口袋裡，肘彎掛著薄襯衫，裸身背負的大登山包塞滿日用品和一副帳棚，我走著。沿海公路砂石車呼嘯而過，漫天塵土中，我回憶曾見證遠處風景的數萬演變，日夜、四季、年歲，我看見藍色母親綴有雪花絲帶的長裙擺綿延不已，吞吐另一方蒼老的，不得我心的灰色父親，它如今是如此醜陋，但我實是踐踏其上，受其支撐，而我的誠實……是的，我仍誠實。

這條路通往過去遍佈骨骸的秘密地，就我所知，被發現的死者已將近二十，它躲過水災，無端被守護。比我們後到、奇怪的人們美其名考古、發掘，在我看來只是湮滅怪物存在過的事實。這秘密地，我遺忘它真實的名字，因我曾是它第一個主人，我曾給它起過名字，一如那片屬於我的海洋，只是記憶的殘忍與幽默，使其失落。

遠遠地，我看見那地方已被封鎖，並且逐漸被浪吞沒，我無法回返，唯有將左手從口袋裡抽出，任由掌心小小的半塊頭骨滑落進斜坡，消失於濃密的草色。

我在秘密地附近紮營。於此時刻，似乎沒有太多旅人足跡，即便藍色大水不受折騰，岸上卻是朽木橫陳，石礫更保存了不久前土石流的粗蠻走勢，直入母親的裙。而我艱困地穿行其中，鑒於這些漂流木都是別人的財產，我走得十分小心。

到帳棚裡睡了一會，醒來已入夜，不再如早些時候燠熱難捱，我穿回上衣，在帳棚前生火煮食。晚間的海是天空的延伸，看著那海，聽著隆隆的水聲，真想敞開雙臂走近、走進，讓深沉與黑暗哺育。抬眼沒有星星，被山上來的雲遮擋了，卻不能阻止我想念巴布。直至此時我才注意到這樣的時候也有蟬叫，一下一下，叫一會，停一會，喘息，然後再叫。

火光引來陌生人，一個有大把鬍子的原住民男子，看起來不過三十出頭。手提一袋啤酒，站在車道邊打量我。

過一會他下來，到我旁邊，以他們特有的腔調問：「這種時候來太麻里，可見你一定不是外地人。」

「我是外地人，但童年在此度過。」

「你知道這裡很危險嗎？明天有怪手要開進來整理。」

「等明天再說吧。」

「你為什麼在這個時間回來？」

「為了解謎。」

「謎？」

「我的朋友被埋在這邊。」指向秘密地，那人目光跟隨，一看，即露出難以置信的表情。

「你的朋友為什麼會被埋在舊香蘭遺址？」他問。

「我不知道你說的是哪裡，但我可以解釋，我朋友葬於民國七十八年。」

「遺址在九十二年才因為海蝕顯露被發現。」他點頭說：「但那裡沒有身體啊。」

「多半成為骨頭了，和其他人一樣。」我感傷地說。

「不對不對，骨骸可以分辨年代，你的朋友在最近被埋起來，那麼骨骼肯定相當完整的，要是幾十萬年前的骨頭則會風化，僅存部分。」

「那麼可能被海捲走了。」獨自在浮動的黑暗永眠。我想。

「這樣還比較有可能。」那人又點頭，仰頭飲盡啤酒，捏扁了鋁罐扔到塑膠袋裡。

「你要不要？」他問我。

微笑，擺擺手拒絕了。

我一沉默，他也不語，我們一起凝視黑暗。我懷念過去，至於他，我沒有權力窺探。

他忽然說：「你知道嗎？千禧年的時候這裡擠滿了人呢！我還記得，那時候唸台東大學，每個人都衝來這小小的海灘，對了，當時看起來真的像是每個人都在這裡！」我用樹枝戳刺火堆，說：「新聞上看起來確實盛大，不過那天……我沒有回來。」

「為什麼？」

「我爸爸死了，在北部。」

「這麼可憐！」

「無所謂，我一點也不難過。他已經死了，人只要一死，就甚麼也不是，再多物質證明他的存在都毫無意義。他的葬禮，我晚到一天，在幾條街外用爬的爬過去，心裡想的都是未完成的書稿。」誠實，我提醒自己，深呼吸一次：「不只書稿，我還想著就因為和一個死人有血緣關係，必須放棄週末假日，不斷地在外人面前表現悲傷、呆滯，實在是相當無聊。」

從男人的五官我可以看出自己已經超過普通閒談的時間，便顯得尷尬，但我愈言語，便愈覺得自己說的不是實話，或者不完全是實話，我必須毫無保留，不能有任何遺漏。

「……但其實我是悲傷的，畢竟這個人是我父親。他過去相當嚴厲，所以我的童年並不愉快，直到他死去，整件事情都不一樣了，他把我揍得血都滲出衣服這樣的回憶……如今看來居然也很美好，不，不是這個詞，只是值得回味，有時候我不能肯定，記憶裡他痛打我時眼中是否噙著淚？我已不能指認，記憶真是詭譎的東西。」

男人站了起來，說：「你們平地人真的很奇怪欸。」然後他便走，走了幾步，又回頭：「我是太麻里自救會的，如果你需要幫忙可以到前面找我，我住鐵皮屋。」

他走了。

我將腳邊的松果扔進火堆，在亮光裡思索原則。

我覺得人是不能說謊的，假如非這麼做不可，只能用於編寫故事。因此小說對我而言便是細膩嚴謹的謊話連篇，而有幸閱讀的人樂於受欺騙，這豈非你情我願的互惠行為？即便如此，有時我仍會忍不住在謊言裡括號真實。（因為父親總是要我說實話，這足能解釋我往後耽溺寫作的理由嗎？我總希望最終看見的作品，是個完美無缺的謊言。）

這次回家，除了尋找死去的朋友，也是因為巴布喜歡的酷老師回來了，二十年，他大抵已有些年紀，我想自己應代替巴布詢問這位可敬的師長當時離去的理由。

很快將火熄滅，再度進帳棚入睡。

清晨是最冷的，以致於我又醒轉，拉開帳棚拉鍊，鼻間立時湧進冰冽的黎明氣息，是朝露，夾雜著海的風與水，雖然冷，初昇的陽光卻金黃溫暖，我還聞到樹木的氣味，耳邊浮泛柔潤的潮音，白色的浪尖也低矮，一下一下抓握岸沙。日輪漸漸隱沒到雲裡，又從雲層的空隙間灑落光束，在慢慢藍起來的海面留下昨夜未現的星群。

這畫面多美啊。（這畫面多可怕啊！）

我顫抖了，回帳棚穿起衣褲。隨便煮些早餐、收拾貴重物品，徒步走回家鄉。

仍記得到學校的兩條路，但沒敢經過街角的雜貨店，至於學校，鋪滿操場的紅土依然，剛劃上白色粉線，以前頑皮，喜歡用紅土把白粉蓋過，或者體育課時無聊地以腳踢踩，免不了遭到責打。走往以前騎的斑馬石膏像，尾巴部份的鋼筋已顯露，我握過這根鋼筋，為了騎上這匹不動的馬。石膏像旁邊是過去自然課時觀察研究的水池，忽然打鐘了，小孩子衝出教室，有兩個就這麼經過我，俯身在覆滿荷葉的水池上伸長手臂，我才發現有隻碩大的巴西龜隱匿其間，安然地靜止，孩子要朋友拉住他的腳踝，整個人趴到荷葉上，也只堪堪將距離縮短到咫呎，與烏龜的鼻尖差一丁點，孩子卻不懂將荷葉拉近，他想觸摸的，就只是烏龜。上課鐘又響，孩子並不懊惱，他肯定曉得自己還有可以揮霍的下課時間，那麼多，但不是永恆。

孩子跑回教室，那個年紀，做什麼都想用跑的，我跟著他們到教室，假裝不經意地路過，老師上課前讓孩子先擦黑板，一個「學」字懸得太高，而他們太矮，只能跳啊跳地擦。老師上課，先問一個問題，每個人都舉手了，可是回答光怪陸離，老師說出答案：「蘋果。」孩子們便興奮地喊道：「蘋果！」

興奮地喊，直到老師使他們安靜。

我無法繼續假裝，只能上樓，邊走邊想：現在我已不再大聲喊出「雞蛋」、「太陽」、「馬桶」、「石頭」。

不再幼稚地大聲唸出這些單詞了。（不再像個孩子般大聲喊出真理。）

疑惑他們流血麼？

（是的，在不為人知的地方。）

老師辦公室在二樓末端，我走進去，和一位年輕的小姐說明來意，她請我等一會，因為才剛上課，大概還要三十分鐘酷老師才會回辦公室。我坐在陳舊破爛的長沙發上，記起自己也曾這樣坐著，等待媽媽將全身溼透的我領回。

望門外發愣，留意陽光不是陰沉沉的，反而很熱，很亮，亮到我都睜不開眼睛，我只能說服自己，看不清楚就像是陰沉沉的了。

有道影子投射身上，抬頭，是個滿頭灰髮的健壯中年人，他說：「你，我記得你。」

我張了張嘴。老師在對面坐下，辦公室的人不知何時走光了，只剩下我們，意識到這個瞬間，我猛然問：「老師，你當時為什麼要走？」

他露出奇怪的表情，略一沉思，溫柔地道：「重要的不是我當時為何走，而是如今我為何回來。」

「你走了以後，巴布就死了。」我說。

「我離開是因為當時市區有間學校需要主任，而我教了你們一年，已經夠久了。」

他又問：「巴布是誰？」

「當時班上一個同學。」我憤怒，又疑惑於自己為何憤怒。（也許當時以為開學了就會再見到熟悉的人，能再見到酷老師，好好。）

「記不得了。」老師想了想，加上一句：「教過那麼多人，許多都記不得，但還記得你，你啊，臉完全沒變，就是長高了。」

我無語，低頭赧然，過了一會問：「老師還記得當時給我們說的謊嗎？」

「甚麼謊？」

「有片竹林……」

「竹林！那不是謊，是一個故事！」

「我認為都一樣。」

「不，不一樣。」

「好吧。」我咧嘴笑：「後來你因為生我們的氣沒能說完，這……故事，讓我很在意。」

老師也笑了，十分得意地問：「你想知道結局？」

「想。」

「那其實是我小時候遇上的，將一片竹林當作秘密基地，秘密基地通往海邊，海邊有……」

「對。」我說：「現在想起來，故事情節其實很老套。」

老師看向我：「你當時受這故事影響，之所以不覺得老套，是因為你還年幼，等你大了，這故事就變得平凡普通，甚至結局也是，我寧願不告訴你，這個沒有結局的故事正因沒有結局而有價值。」

我知道多說無益了，便起身告辭。

「老師為什麼回來呢？」握緊年長者佈滿老繭的手時，我不住輕聲問道。

「這個地方正遭逢困境啊。」他的手轉而拍拍我的肩膀：「你不也是因為這個理由回來的嗎？」

這次談話並不愉快（我憤怒已極），強烈陽光卻逐漸滲透眼皮，照亮記憶，我竟發現原來並沒有那麼多的傷，也沒有任何的陰暗面，老師離開是有正當理由的，我原本希望發掘一些黑暗，可是就和這裡的陽光一樣，並非是陰沉沉的。

地上有蟬殼，蹲下去撿，復站起來，方覺察成片的蟬鳴，漲滿穹蒼。

離開學校時突然被人叫住，那是名有著聖母笑容的美麗女子，而她確實也懷有身孕，站在茄苳樹下，一手按著樹幹，一手輕撫微脹的肚皮。

「好久不見了，你是……對吧？記得我嗎？」

「阿農。」

「是呀、是呀。」她笑聲朗朗：「我就住附近，每天這個時間來學校散步。」

「你過得好嗎？」

「還不錯，雖然水災把果園毀了，至少能申請間永久屋……就不知道還能不能保有土地，別人說要徵收那塊地做堤防。」她聳聳肩：「不說這個，好高興看見你，尤其在這種時刻。」

「我也是，你還記得有一次我問你這個世界是不是很奇怪？」

「對，你說好像每個人都被操控了。」

「真的嗎？我都忘了。」我笑說：「只記得你的回答，你說好像每個人在你轉頭以前都是不動的，直到轉頭看見他們以後，他們才會動。」

「我也忘記自己這樣說過了呢。」見我視線停留在她腹部，她溫柔地張開雙臂，向我展覽：「你看時間過得好快，我都當媽媽了。」

「現在太麻里正需要多一些小孩。」

「多好的一句話，你還寫文章嗎？」

我點頭。

「別再用括號啦。」

我感到難堪，轉而問：「你知道酷老師回來了嗎？我剛才去找過他。」

「不知道，他回來？為什麼？你又找他做什麼呢？」

「問他當時為何離開，可是他卻說不記得巴布了。」

「他是老師，不可能記得每一個學生呀。」

我搖頭：「巴布那麼崇拜他，他不應該忘記。」（可記憶本就是如此奇詭。）

「別說他，我也忘記了，要不是今天看見你，我其實也忘了有你這個人，很不好意思啦，可是人都這樣，我們不會永遠記得一些和自己不再有交集的人，是啊，甚至忘記曾經對自己非常好的人，然後某天突然想起來，便感到很慚愧。」

她這麼一說，我立時沉默，蟬的叫聲填補兩人間的空白，我聽見自己最後的話：「祝你過得快樂。」

徒步回往鄉裡。我到了已是空屋的小雜貨店，從牆邊長滿雜草的盆栽下取出生鏽的鑰匙，插進鎖眼裡，轉動。

屋內如同凌亂的廢墟，有鳥兒在敲窗——喀噠喀噠，學校的鐘聲傳過來——噹噹噹，噴射機——我手仍緊握門把，汗粒滑落下顎。等一會，終於鬆開，陽光霸占位置，門把金光閃耀。我走上二樓，推開右手邊的門。

門開時，有道風經過我，它走了，很遠。

房間仍保留如原來的樣子，綴有碎裂蟬殼的燈罩、塞滿照片的桌墊、滿書櫃奇異的兒童小說和各種文學讀本（後來都知道，不是世界上最好的，但在心裡總占有某些重要地位），我還站在門口，眼前是凍結的時間，身後浴室的水龍頭亦覆滿霜雪似的水垢，我不敢近前褻瀆彷彿未曾改變的虛渺氛圍，我哀悼死去的友人，我揣想他於床上輾轉，於溫柔的陽光下慟哭現實。我貪婪捕捉凝滯的一切，不曾前進過的一切，風吹著，滿地驕陽，窗外龍眼樹枝葉的影子倒映在水色的窗簾上，窗簾鼓脹，揭露下方藍天白雲，我記憶這些，盡全部的生命記憶這些，由衷地，我為再不可得的氣味心碎。

我拉開書桌前的椅子，它能夠調整高度，我將它調矮了些。坐定後，便任由自己沉迷，隨那雙手想碰甚麼就碰甚麼，隨五感要向哪馳騁便向哪馳騁。觸鬚的它們要撫摸每一根鉛筆，要覓尋老師贈與的空糖盒餘香，要獃望小學畢業照片幾個鐘頭，要粗魯急切地打開每一層抽屜，檢視蒼老的幼年遺物。那些遺物通常是零食贈送的小玩具、遊戲卡片、陀螺、乾燥的花葉，甚至還有捨不得吃的陳年巧克力。我興奮地一層層閱覽，卻在抵達中間的大抽屜時受到阻礙。

它鎖著。

一定有把鑰匙。我翻找其他抽屜毫無所獲，又查尋衣櫃、床鋪，猛然間有了靈光，直衝下樓，果然敷滿塵埃的櫃檯下拾得繫有藍色細繩的鑰匙，嚐試開鎖，卻不合鎖孔。

回到那張椅子上，我將手埋入汗溼的掌心。肯定有鑰匙的（我記得有鑰匙），只是忘了藏在甚麼地方，我起身，將書櫃裡的每一本書顛倒搖晃，也不曉得哪一本裡飄下一張紙，上頭寫：「要如何才能不這樣緩緩地流血、緩緩地長大？」後面附註日期，那年我十一歲。

拋下紙，我繼續取書，又是一本：「送給未來的我最好的禮物。」十三歲。「給未來的我：那本你一看再看的書。」十四歲。「希望你現在還喜歡蟬……你喜歡嗎？」十五歲。

書散亂在腳邊，在那個年紀，我第一次張開眼睛，看見血淋淋的太陽，體會到奇異的痛苦，我沒有理由地終日哭泣，也追尋，渴望找回此種感覺，並與它合而為一，但時光荏苒，我們終漸行漸遠，一個長大了，一個還存在於灑滿陽光的房間。

一張紙片夾在最後的句子：「記憶是多麼神奇！」十一歲。

我將書放回，再也無法冷靜行動。我發抖地趴到書桌下伸手塞進上鎖抽屜後方的縫隙當中胡亂摸索。或許謎題能夠在記憶裡嚴絲合縫地被呈現，但我可以不照規矩，我可以，儘管在這一切當中我失去的比得到的更多。

巴布的怪物、竹林深處、故事的結局到底是甚麼？

當指尖碰到熟悉的觸感時，噴射機的聲音又徐徐滑過。

我奪回自己發紅疼痛的手，指頭如火燒灼。凝視手指，胸膛劇烈起伏，冷汗爬遍全身之際，我不禁緩緩閉上眼睛。

我碰觸到的，是人此生絕不會遺忘的感覺之一……幼年時第一本日記的封面，摸起來就像蠶絲、像夏天。

然而我不必打開日記，也知道那是一個完美無缺的騙局。內頁會寫滿我與巴布的冒險、我與巴布的友情、我們一同殺死面貌不清的怪物。

巴布終究是活著，只於我的回憶、我日記裡，永遠存在。

（這豈不是我送給自己最宏大的謊言嗎？）

逐秒傾斜的陽光送來蟬鳴。

在家待到凌晨兩點，天還暗著，我準備回海邊。路上，一群烤肉的原住民朝我喊，也不光是原住民，各種各樣的，老的小的，就在搖搖欲墜的破爛鐵皮底下圍一團火焰說笑，鐵皮後方，則是高聳巨大的人造碑，上面四個字：日昇之鄉。我突覺渺小不堪，在無邊無際的藍色中與這擎天四字相望。這兒確實是迎接太陽的所在，無論以何種意義、何種心態，無論大地是否荒涼殘破，無論你是否貧窮、富有，無論你是美、是醜、是老、是幼，太陽依舊升起升落，太陽只是太陽……

於是悲傷。儘管悲傷，卻不知該怪誰，好像也不是誰的錯，這無由的悲傷，就和當時穿過我的風一樣很快遠去。

有人叫我，便回神，曾偶遇的大鬍子男人臉上光影跳躍。我走過去，他手中的啤酒冰過來，我忙接住，他看似樂極，問：「解完你的謎沒有？」

「解完了，你們在做甚麼？」

「烤肉啊！」

「為什麼烤肉？」

「沒有家，沒有爐子，大家就一起烤肉啊！」

「我能加入你們嗎？」我握他的手：「你叫甚麼名字？」

「巴布。」男人笑呵呵地說：「在我們部落，這是山豬的意思。」

我剛要回答，但遭一陣驚嘆打斷，我倆尋聲仰頭，眼球漸感刺痛，絕非陰沉沉或黑暗、邪惡，只是赤裸以及無可規避。

（現實迎風破蛹。）

此時，人人都望著上昇的光團歡呼，而我不。

因為只有我知道，那是個不折不扣的怪物。

流光似水

千禧年前後真的發生很多事情。至少對於後來成為日昇之鄉居民的我們來說，有些東西因為千禧年而在一夕間誕生了。當時光輕輕越過上一個千年與下一個千年的交接處，那些東西不僅僅誕生，也永遠的留存下來，隨即便被人們拋棄在潺潺流逝的過去之中。

阿旗死了以後，他的律師寄信給我和陳又、聖威三個他要好的國小死黨，囑咐我們在跨年前一晚到他位於台北一零一旁的住處，要請我們把一樣東西還給他。老實說我很意外，人都死了要還甚麼呢？再說國小畢業後阿旗和聖威去唸了鄉裡的爛國中，我和陳又到台東市區就讀，從此四個人漸行漸遠。

我想也沒想過阿旗雖然國中畢業就沒再繼續升學，卻靠著天生直覺改良釋迦賺了一大筆錢，他引進熱帶美洲原種冷子番荔枝和最新釋迦配種，創造出口感酸甜、氣味猶如蘋果的新種釋迦，聽說他種植釋迦還有一個不欲人知的方法，阿旗不像他的同行那樣在夜晚以強燈照射釋迦樹，延後其熟成，反而按照太陽升落的頻率給釋迦休息的時間，阿旗曾在我偶然回鄉時對我說過，普通的釋迦都怕風，只有他的不怕，他的釋迦園就在海邊，永遠第一個吻食從太麻里東海岸徐徐爬升的曙光，溫柔的海風也調節了釋迦園的濕度，阿旗的釋迦果肉緊實綿密，不像一般釋迦鬆弛軟爛。

阿旗從以前就是個不可思議的人，當我來到他遺留的住所前，他那間據說是以日式清水模工法建造而成的屋子，從外觀看來和鄰近的高級住宅完全不同。我從口袋裡取出附在信封裡的一把鑰匙，插入鎖孔後輕輕轉動，此時身後傳來一陣聖誕節時殘留的鈴鐺脆響，好像還有小孩子笑鬧奔跑，我轉過頭，看見一棵來不及收束的聖誕樹，纏著樹枝的小燈泡瑩瑩而下，不遠處是一零一大樓和底下沸騰的人群，這麼多年過去，我已經受不了城市中為節慶而吵雜的氛圍，許多年過去，阿旗有一次跟我講，覺得我們曾經都因為那些吵雜，在心裡留下傷痕。

阿旗的屋子很空曠，沒有特意裝潢，只空空地擺放有招待朋友的矮方桌和兩張長沙發，陳又已經先到了，坐在沙發上抽菸，見我到了，靜靜地招手。

「阿旗這小子真會享受，這麼大一片落地窗。」他遞給我一支菸，被我婉拒了，這時我留意到屋門邊是阿旗移入室內的靈位，大頭照選得怪，是阿旗十五、六歲時的照片，他死時卻是三十多歲的成人，我覺得好像回到我們國中畢業離開家鄉的時候，好像我們昨天才互道再見，好像現在死去的阿旗其實從沒長大過，一直是這麼小小、稚嫩的樣子。

不過話說回來，這就是當年愛裝憂鬱、眼睛大而溫和的瘦子阿旗會幹的事，他就是那種平時很安靜，實際上卻會在學校制式帽子裡自己用針線刺上一朵紅色玫瑰的悶騷小孩。

我向陳又看去，他的眼睛閃閃發亮，眼角帶有細細的紋路，彷彿欲言又止，卻也一切盡在無言。此時屋門再度被打開了，聖威的臉越過門楣以前仍殘留著不知何人、長大後的陌生感，不過當他走入屋內，隨著步伐，那張臉漸漸地就和所有已經等在裏頭的我們一樣，變得和小時候沒甚麼不同。

「好久不見，大南橋底下。」聖威一手啤酒，嚼著檳榔紅紅的微笑對我們用小時候的暗語打招呼。

「太麻里隔壁！」我大喊，陳又沒有跟著我喊，他猶疑地看著我們，示意大家坐下來談。

我們剛才說的那兩句話原本不太好聽，直到有一次我們在阿旗爸爸的果園裡冒險，意外撿到一張藏寶圖，藏寶圖上秘密地寫著：太麻里隔壁，大南橋底下，這兩句話其實暗示了一個巨大寶藏的隱藏地點，也就是說，寶藏就埋在「太麻里隔壁」以及「大南橋底下」的地方。後來我們找了一整個暑假，都快把大南橋挖倒了，卻沒有找到，但我們寧願相信是我們太笨了找不到，也不願懷疑藏寶圖的真實性，結果這兩句話漸漸演變成我們四個碰面時打招呼的問候語，要不是聖威脫口而出，我大概也忘了好多年了。

我們坐下來開始喝酒，有一段時間，誰也沒說話，就連一開始活潑進門的聖威也只在咬去檳榔頭的時候，輕輕地發出一聲「喀」。誰都沒提阿旗找我們來是要我們還他甚麼東西，也許其實根本就沒有，只是念舊的阿旗想藉著自己死去的機會，把我們幾個難以相聚的童年好友重新集結在一起。

「話說回來，那是甚麼鬼東西？」終於，聖威像過去一樣難以忍受長時間的沉默，他越過我的肩膀指著落地窗旁一件奇特的機器，剛才進屋時我沒注意到，坐的位置也無法看見，聽聖威一喊，我好奇地轉過頭仔細端詳：那是一件圍著白色方框的小機器，中間有個像風扇一樣的銀色圓盤，懸掛在牆上的機器底部垂下一條拉繩，並拖著一條更長的電線直達地面插座。

「那玩意就是個白癡電風扇。」陳又不屑地開口，現在是冬天，屋內冷冰冰的，空曠加上冷冰冰導致我們誰也沒想要去拉下機器的吊繩，確認看看它是否真是電扇。

「可是有電扇做那麼小台的嗎？」我問。

「對對，而且還那麼漂亮。」聖威故作俏皮地說。

陳又噴了一聲，捻熄手中的香菸走向機器，而在他動手拉下吊繩的前一秒，我忽然想起來那件機器真正的用途，雖然我也沒見過實品，但以我過去學設計的背景早該發現了才對。

陳又輕輕拉了一下吊繩，風扇開始轉動，卻沒有風，取而代之吹出一首喬治・哈里森的〈Here comes the sun〉。

驟然出現的音樂聲讓陳又和聖威都嚇了一跳，他們詢問地望向我這裡，我在座位上啜了口啤酒，說：「這是日本設計師深澤直人為無印良品設計的CD Player，他在一九九九年創造了它，二〇〇〇年開始販賣。」

我只說了這些，因為受歡迎的設計往往有一些致命的缺點，像這台將音樂幻化為風的小機器，它的音質簡直奇差無比。但當我看向陳又和聖威，我發現他們臉上沒有任何表情，只是用專注的眼神凝視不知何處的遠方，沉浸在音樂與深深的回憶裡，我於是也坐下來，回想我們年輕時在鄉裡夜市購買的盜版音樂錄音帶。

我們四個是聽盜版錄音帶長大的，這沒甚麼好羞恥，畢竟當時也沒有唱片行開到太麻里來，我們以前常常說：「真是個該死的鳥爛地方！」但這壓根不關其他人的事，我是說，除了我們這些居住大南橋底下、太麻里隔壁的人以外，誰也沒資格嫌棄它，我們總是一面嘲笑它，一面嘲笑自己，因為我們就活在它的心臟裡。

和所有大城市一樣，它也有夜市，不過僅限於每周二，而且只有一條街差不多一百公尺的長度，賣的也無非是一些冰淇淋熱狗、俗氣的服飾、銅板雜貨和抽抽樂，那兒沒人認真做生意，反正都是平常熟識的小鎮居民嘛，我和阿旗、陳又、聖威每次去都是為了和平常一同上學的彼此玩耍，延長早上下課時光的明顯不足，我們知道哪一間攤子是誰家作主，經常免費吃喝，阿姨叔叔戲稱我們四個是「大貓狸小流氓」，大搖大擺地向他們收保護費來的。

其中有些真的在做生意的攤販，往往是從外地來，他們看準所有小鎮無法免疫的風潮，譬如流星花園F4剛出來的時候，我們就見過班上一堆女生瘋狂搶購便宜海報的畫面，至於我們，則最喜歡靠近夜市出口的一間音樂錄音帶攤販，我們會跳過媽媽大嬸喜歡的卡拉OK金曲三百、中輟大哥哥最愛的舞曲帝國，將手伸向攤販大叔為我們預備的陰暗角落，第一列擺放有古典音樂、西洋情歌選，再往上則是披頭四、老鷹合唱團、奇想、滾石、槍與玫瑰之類的，我們買了最多的披頭四，因為當時攤販大叔錄製最多的就是披頭四。

每個禮拜由其中一人買下一卷盜版卡帶，再帶到陳又家，他家有個親戚送的，最神秘兮兮的播音機，兩個卡槽，一個放剛買的錄音帶，一個放陳又奶奶的演歌帶，陳又只要熟練地按下幾個鍵，就可以把《Abbey Road》整卷寫進陳又奶奶的演歌帶裡，把演歌洗得乾乾淨淨，在拷貝時，必須先把錄音帶從頭到尾撥放一次，所以我們四人最初會有一次機會，是可以一塊聽音樂的時間。

我們一直到國中都在聽盜版音樂，甚至到了能夠理解英文歌詞的意思時，我們還會拿內容來開對方玩笑，譬如我們四個平常都愛熬夜，非睡到自然醒不可，有一天阿旗忽然開始早睡早起，我們就圍著他大唱〈A well respected man〉，還有〈Hey Jude〉，我們老是忍不住唱成〈嘿，豬〉，用來欺負雜貨店剛開始上學的小胖妹。

「那時候不是流行F4嗎？」陳又冷不防說：「結果我們不想當甚麼娘娘腔的F4，就說要當披頭四。」

「對，以前我們都搶著演保羅麥卡尼或約翰藍儂，只有阿旗，每一次都要當喬治・哈里森。」

我們沉默了一下。

「喬治・哈里森也死了吧？」我小心翼翼地問。

「我聽說他在千禧年前夕遇刺。」聖威吐出一口檳榔渣道。

「不是，他那次沒死，是在兩年後因癌症死去。」

「真假？我還以為他會選擇死在千禧年。」

「為什麼？」

「如果是我，我會選擇死在那時候。」我們都望著那重複播放著〈Here comes the sun〉的CD Player風扇轉呀轉，誰也沒留意到最後那句話是誰說出口的，我不敢轉頭確認，我覺得那個聲音輕柔得就像年輕時的阿旗。

「你們記不記得有一次聽錄音帶的時候，阿旗講了一個笑話，我們笑好久，全世界大概只有阿旗講得出那個笑話。」陳又再度點起一根菸，靜靜地說。

我記得，我們誰也忘不了。

那是在說一個過氣的老搖滾明星，他以前最愛在演唱時拉長音，拖到台下觀眾為之屏息，深怕他這口氣再也回不來。六〇年代搖滾樂鋒頭正銳的時候，到了九〇年，老頭子就像所有青春不再的男人一樣，對過去懷抱狂熱，想證明自己的時代依然沒有消逝，他準備開演唱會，怕沒人來聽，瞎掰說這將是他拉長音拉得最久的一次，老頭子過去最高紀錄是二分三十秒，只比當時的世界潛水最高紀錄少了一分五秒，更別提潛水那人是在海底一百多米，但老頭子說這沒有差異，舞台上也有水壓，來自音樂、節奏以及台下歌迷的期待，所以他可以理解潛水員欲罷不能的心情，老頭子演出當天，來了比過去最盛時期多了三分之一的觀眾，老頭子賣力演唱，觀眾們靜靜地看，直到最後一首歌，老頭子說：他要拉長音了，大家來幫他讀秒吧，台下傳來零星的讀秒聲，老頭子拉著飄忽的尾音，頭仰得高高的，二分三十秒、二分三十一秒、二分三十二秒……最後超過了整整一分多鐘，甚至也超過了世界潛水紀錄，老頭子抱著吉他倒落在地，不斷吐出最後的音，他的經紀人驚恐萬分，深怕惹上官司，於是叫來救護車，醫護人員一看，不能說老頭子死了，因為他仍在拖長音，可是他的心臟已經停止跳動，還有他鼻腔與胸臆的狀況，在在表示這名搖滾明星死於溺斃，現場卻連一滴水也沒有。

「難道他是被自己的口水嗆死的嗎？」一個叫做傑克的新進醫護人員問。

「誰知道，也許吧。」開救護車的賽門嚼著口香糖說。

後來搖滾老頭的的經紀人把老頭子永無止盡拖長音的軀體送去了博物館，因此發了橫財，雖然不及老頭子過去為他賺的那些財富，還是一筆意外之財。有科學家研究了老頭的屍體，發現老頭在演唱前從自己胸口開了個洞通往喉嚨，於是只要有風，聲音就可以通過胸口到喉嚨產生持續不斷的尾音，儘管如此，這件事依然有其無法解答之處，出於某種原因老頭子馴服了一陣風，否則世界上沒有一種風能如此密集又連貫不歇地從他的胸口吹過心臟，再吹出喉嚨吧。

這就是阿旗告訴我們的笑話。我們今天又重新說了一遍，也依然在菜鳥傑克天真地問：「難道他是被自己的口水嗆死的嗎？」那時放聲大笑，沒有辦法，實在太他媽的荒唐了。故事裡的傑克和賽門始終沒有換人，直到二十多年後的今天，他們還是存在於笑話裡，就像比我們更了解我們，不會長大的幻想朋友，我們為了傑克和賽門帶來的熟悉感笑得掉下淚來。

「不管怎樣，如果又一個披頭四被瘋狂歌迷殺死，感覺會像是整個披頭四不可避免的悲劇命運，也許喬治是不想讓剩下兩個人擔心受怕。」

我點頭，但其實我一直覺得喬治哈里森只是不想和傳奇似的約翰藍儂有相同的死法。

儘管如此，至少對我來說，那個千禧年是屬於喬治的。

「阿旗到底想跟我們要甚麼呢？」我喃喃地問。陳又與聖威紛紛望向我。我知道，是時候討論我們四個人曾經共有的一個秘密了。

「你們記得小陽嗎？」

當我小心地擲出問題，陳又默不作聲地往菸盒裡拿菸，聖威則上半身往沙發靠背倒去，目光呆滯、嘴巴半開，〈Here comes the sun〉持續演唱：Little darling……Little darling……

「當然記得。」

我們四個一起讀鄉裡的國小時，曾經喜歡過班上一個女生，她是原住民，但看起來又白又美，媽媽告訴我她是阿美族，所以才那麼漂亮。小時候的我根本不知道原住民是甚麼，也因為這樣，我很容易接受那些我原本不知道的東西，而且覺得是理所當然的，我還問過媽媽我是哪一族，結果媽媽說我是漢族，當時我還因為自己不夠特別而黯然神傷。在小學裡，原住民幾乎比漢族還要多，沒甚麼好奇怪的，聖威是個純排灣族人，陳又是半個卑南族人，他原本姓王，名字寫起來簡單輕鬆。要升國中以前他改從卑南族母親的姓，好爭取原住民升學加分，從此王又變成陳又，他和我們幾個死黨一點也沒有考慮過將來他會因改姓得到的總總好處，那時候我們只覺得這傢伙再也不能用六個筆畫半秒內完成自己的名字，實在太可憐了。而想到未來一生要多寫那麼多筆畫，他自己都覺得很委屈，我們最後無法克制地把他嘲笑得含淚跑出教室。

重點是，那時全班有那麼多原住民，最漂亮的就屬小陽，才四年級就比其他女孩子都高，胸部微微突起，皮膚白白軟軟，眼睛笑起來瞇瞇的，彷彿含著陽光，以前上社會課，老師要我們一個一個站起來向大家自我介紹，叫甚麼名字？今年幾歲？生日幾號？最喜歡甚麼？……等等的蠢問題，我們大家從一年級就同班到現在，比起我們，每年都換新的老師更應該對全班做一下自我介紹吧？不管怎樣，假如說四年級這堂社會課以前我們男生誰都沒有注意到小陽這個女孩子，那天過後，沒有一個長了雞雞的眼睛能離得開小陽。

小陽站起來，扭扭捏捏地低頭說了混亂一通，最後停頓了，我們都以為她面對新老師嚇個半死，當時是個很棒的夏天，蟬的叫聲填補小陽低頭安靜的空白，小陽不說話的時候，整個世界都在等她，然後她突然對著自己書桌上的橡皮擦屑微微一笑，抬起頭開心地大叫：「我最喜歡太陽！」

我、阿旗、陳又和聖威在那天社會課結束後，一起躲在籃球場上吃冰棒，我們熱得頭昏眼花，汗如雨下，再冰再甜的冰棒都無法緩解心裡的痛苦，不知道是誰先說：「你們不覺得小陽很白癡嗎？」

其他人就像抓住一根救命稻草般紛紛搶話：「對」、「討厭死了」、「臭女生」……只有阿旗在我們胡亂發洩過後，輕輕地用一種溫柔的聲音講到：「聽說小陽家裡原本有四個弟弟妹妹，但是現在只剩下一個，因為她有一個弟弟和兩個妹妹在颱風水災時淹死了。」阿旗當時的手指我記得很清楚……他的手指，不是眼神，阿旗很小就學會如何用眼睛隱藏情緒，可是小孩子仍然生硬的手指頭透漏一切，阿旗的手指在溫暖的夏天裡簌簌發抖。

後來，阿旗就不和我們一起逛夜市了，他拿我們一起錄製的音樂錄音帶給小陽聽，還向百般不情願的陳又借收音機，我印象很深刻，阿旗手上曾經有過完好的錄音帶已經被我們三個偷偷把磁帶拉壞，剩下唯一一捲，也只能播放唯一一首歌，就是披頭四的〈Here comes the sun〉。

我和陳又、聖威開始欺負小陽，覺得她搶走我們的兄弟，只要能讓她哭泣，我們幾乎甚麼都幹，把她的鉛筆盒藏在水溝裡、拿蚯蚓彈她的臉、對她吐口水，為她初潮的來臨大聲嘲笑。

阿旗很想對我們生氣，但他不能，因為我們是他最好的朋友。而我們小小年紀已經隱約理解到，阿旗和小陽之間發生的事，本質上意味著自私。

「千禧年那晚，全世界的鏡頭都照著太麻里，算算起碼有幾百萬個鏡頭，幾十億人的目光吧。」陳又靠著阿旗屋子的落地窗，伸出手戳戳窗外萬頭鑽動的人潮。

「啊，要放煙火了。」

一〇一頂端出現數字倒數，六、五、四、三、二、一……燦爛閃耀的光流緩緩溢出，從黑夜的中心迸發色彩，人群的眼睛朝上意圖盛接，卻一無所得，為了一無所得的快樂如此快樂。

「明明有那麼多人看著我們，為什麼沒有一個目光發現小陽呢？」

阿旗和小陽的事一直持續到我們六年級的冬天，千禧年那晚，我、陳又和聖威沒有參加跨年晚會，而是瞞著阿旗帶小陽到太麻里溪，我們知道小陽很怕那條溪，因為那兒的水葬送了她的三個弟妹，小陽一開始不太想跟我們走，不斷重複說阿旗等著和她一起看第一道曙光，直到我們講了關於她弟妹的事。

「你們怎麼知道？」

「阿旗說的。」

「阿旗很擔心你這件事。」

「如果你不把這個害怕的病治好，阿旗也會很痛苦喔。」

我們讓小陽雙腳泡在河水裡，在那一刻決定將來再也不欺負小陽了，如果阿旗和小陽都很喜歡對方，我們也會喜歡他們這樣。我們決定在新的一年為阿旗做這件事，我們要和小陽一起完成它。

小陽先將雙腳泡在河水裡，一會後慢慢蹲下，再過來讓身體整個坐到水中，最後只剩下小陽美麗的頭漂浮在河水之上，水面閃閃發光，我們選擇的地點距離出海口很近，而太陽已經出來了。

第一道曙光蜿蜒於陣陣溫柔的海潮，像個行走於水波之上，很長很長的人，亮晶晶，說不出甚麼顏色，可是非常遼闊且完整，純潔的，沒有受過任何傷害，它溫溫地來了，數不清的細長的小手，舉起小陽的頭，歡快地送往遠方天際，太陽出生的地方。

我、陳又和聖威全都睜大雙眼、顫抖嘴唇，不敢相信眼前發生的事，竟會有這種自然平和的悲劇存在著呢，我們誰都不敢提起它，深怕破壞了留存在記憶裡的奇蹟。

我一直記得我們渾渾噩噩走山路回家的那段時間，天空始終灰濛濛，太陽好像不再升起，而光線凝結，世界為小陽的沉默等待，它還不知道小陽已經死去了。那時除了我們三個人，誰都不知道，連不可思議的阿旗也不知道。

我們因此感受到某種快樂。

許多天以後，小陽的屍體才在出海口附近被發現，隔日她的訃聞像一口方方的小棺材，被安置在那時文字仍是由右至左的報紙一角。

大人們不太談論這件事，因為我和陳又、聖威還只是小孩，他們不認為是我們害死小陽，而小陽家裡現在只剩下一個女兒了，那個孩子後來改了族名叫母諾，意思是爛掉，小陽家裡的人希望神靈不要理會這個只會爛掉的小孩，讓她平平安安長大。

那天以後，阿旗看起來沒甚麼變化，只是比以前更加安靜，也不再和我們玩耍，我原本害怕阿旗知道我們帶小陽到溪邊的事，但後來我們誰都不敢跟阿旗說話，也無從得知阿旗是不是生我們的氣。

很快的，隨著千禧年第一道曙光過去，我們也從國小畢業，升上國中，我和陳又到市區念中學，阿旗和聖威則在鄉裡的國中就讀。我們四個漸行漸遠。

「我國中和阿旗同班。」聖威忽然悠悠地道，他的牙齒殷紅如血，講出的話每個字都有檳榔滾來滾去：「我有問過他知不知道小陽為什麼會死掉，他說不知道，也不曉得小陽那天為什麼要到太麻里溪那邊，明明小陽最怕那條溪了。」

陳又吁出一口煙氣，望向阿旗靈位的神色彷彿在問：這樣你滿足了嗎？阿旗遺照上年輕的面孔瘦削平靜，眼睛從不流露情緒，我們現在知道，這就是他要我們還給他的東西。

他已經死了，就和小陽一樣，我聽說他後來和小陽的妹妹毋諾結婚，毋諾也死得很早，沒給他留下任何孩子。

阿旗已經死了，我們心中既傷感，又覺得無比輕盈，好像可以飛上天似的，對於過去在太麻里溪邊迎接千禧年曙光的回憶，此刻回想起來模糊而夢幻，就連小陽隨波而去的美麗頭顱，在我的印象中也彷彿綻放著燦爛笑靨。

我們無言地將手中啤酒輕輕碰撞，連著阿旗的那罐，我托在手中，無論如何，阿旗仍是我們最好的朋友。

沒錯，千禧年前後真的發生很多事，我曾經想，如果是我，我會想要死在那一天，我是不是不小心把真正的想法說出來了呢?更重要的是,我想阿旗會贊同我的。

全新一年的開始,我就和我最要好的童年玩伴坐在這間洋溢著〈Here comes the sun〉的房間,將漫灑天際的火樹銀花看成在黑夜中驟然破碎太陽。

Sun, sun, sun, here it comes
Sun, sun, sun, here it comes
Sun, sun, sun, here it comes

喬治・哈里森創作〈Here comes the sun〉時,披頭四正面臨崩潰瓦解的命運,某一天,喬治在自家彈奏吉他,無意間看見照耀在吉他上的一束陽光,倏地感受到救贖,他以極快的速度寫下這首歌,陽光隨著他的彈奏四下流溢。

陳又和聖威看著我,像是等著我說些甚麼。

我說了:「昨天我在外面過夜,晚上夢見自己睡在夢中一輛藍色拉風車的貨斗上,那是我太麻里爺爺的福特老貨車,車子行駛於滿山遍野橙黃明亮的金針花田,我知道,現實中的金針花不可能種植在這種平坦的原野，也不可能如此金黃，像陽光一樣，而我躺在小貨車後方，曬著暖烘烘的太陽，覺得好舒服啊，我就這樣被暖暖地曬醒了，醒來以後，發現屋外正下著滂沱大雨，雨水敲打鐵皮屋頂，那聲音真是好聽。」

山鬼

一

大學畢業，我搭乘南下列車回返家鄉，那是一處終年雲雨纏繞的山間河谷，父親的農田坐落於此，每過午後，山陵背面的陰影潛伏向下，帶來霧的幽魂，幼時我愛好對其吐氣，山林的霧遇上生人來自胸腔溫熱的氣息，總如獸崽探出濕漉漉的鼻端，僅是輕輕一觸，便驚懾後退，須臾間，又好奇地伸展小手，以其獨有的濕冷氣息與我唇吻相依。

列車在多良車站停妥，尚未下車，我在車窗上見到了月台上的父親，他正蹙眉點燃一根菸，髮量濃密的頭顱被汙黃的頭巾包裹，雖已年過不惑，父親面孔的威儀未有輕減，加上農事勞動的粗壯手臂，使他看來依然年青、英挺。腳上一雙做工時慣用的雨鞋，塑膠鞋面滿是斑駁的黃泥，循著黃泥，可以察見他來時足跡。我想像他拖著鞋印在雨霧中蹣跚而行，推開車門，我和父親對視，我說：爸。

父親深色的手指夾住方點燃的香菸，瞠目望向我，彷彿並不看著我，他張開嘴喃喃說了些話，乍聽之下好像是：你怎會在這裡？

香菸的煙氣一時間模糊了父親的面容，我忽然發現，父親不小心將香菸拿反，正將點燃的菸頭往嘴裡送。可我不確定，只是眼睜睜地讓父親含住了菸頭的亮點，他閉目，隱忍地皺眉、咋舌。

我們離開車站，父親坐上他的藍色福特，詢問我想坐副駕駛座還是貨斗。他說話時，舌肉側面的傷處隱約可見。我想起每年清明節掃墓，總是和親戚的孩子們一起坐在父親的貨車後方對著藍天下的狂風呼號，往年清明節天氣晴朗，不似如今陰雨綿綿的景況，而我也長大了，對父親搖搖頭，坐上副駕駛座。

路程中，我們沉默不語，父親不時舔著口腔裡的傷處，發出微弱的咋舌聲，我透過車窗望見山巔雲霧籠罩，從風向推測，下午三點左右霧便會下降至父親的農舍。

父親是看也不必看的，這座山乃至於他的農園、農舍，形如延伸的軀幹，多年來他早已習慣。我窺視父親的側面，他正將貨車轉進山間小路，輪胎輾過碎石子的聲響震驚林中鳥，隨著山愈深，雨霧愈濃，樹木葉色也愈重，那濕潤的深綠，吸附了山間水氣，是我童年百看不倦的景色之一。

山上特有的植物氣息因車子愈往深處而愈是清晰，混雜其中的某種香氣，調動我與母親過往回憶，但當我抽動鼻子試圖捕捉水霧裡若有似無的香，父親已關上窗，讓車在山坡上顛簸而行。不知過了多久，車子終於停穩，父親望著我，伸手粗暴地拍了拍我的肩膀，我們幾乎在同一時間打開車門，下了車，我拿好身上不多的行李，跟隨父親走入農舍。

父親的農舍和農園與我記憶並無二致，山谷環繞農田，農田環繞農舍，富含水分的空氣瀰漫一陣雞屎味，我問父親不是已經禁止使用雞屎做為肥料嗎？父親隱隱露出不合適自己的微笑，後來我才知道，父親向出售肥料的商家購買雞屎時自稱是遠從花蓮來的，於是對方便二話不說賣給他。

山谷間滿是濁重的肥料臭味，使得方才在車中聞到的清淡香氣宛若錯覺一般。

父親催我到農舍歇腳，他穿上防風外套，戴好手套，荷耙邁入終年潮濕的泥田。自從母親過身，父親雖然毫無表示，卻將整個氣力揮霍在河谷間的農園，午後濃霧夾帶細雨聚集，我倚在農舍門邊，只見山蔭裡他防風外套上螢光微爍，猶如鬼魅磷火森然。

父親在一畦一畦農田裡整地，耙子埋入土壤，施巧勁，抖索個四五下，整列土堆便極盡鬆軟，接著用磨利的水管插入土中，造出小洞，一列完畢，再將種子播入洞中，以少許泥土覆蓋。

我回頭收拾父親與我的房間，農舍極小，水泥糊的地面沾滿泥巴鞋印，從我有記憶以來一直是我、父親、母親睡在同一張床上，即便我成年也不曾改變。說來怪誕，初中第一次上健康教育課後，我回家總故意裝睡，渴望聽見父親與母親狎暱的動靜，卻是從未有過，父親與母親忙完農事，有時甚至不加梳洗，直接帶著濕泥與嫩綠的細葉並肩躺下，只需片刻，我再睜開眼時他們已酣然入睡，我甚至還記得當時年幼的自己在黑暗中睜開眼，看見父親母親並排入睡的僵直身軀，竟感到一絲古怪的雀躍。父親母親於黑暗裡吐出的氣息，對山的體溫而言太過炙熱，因此我看見的是一小團懸浮於他們鼻端的白霧，在夜間的月光下時濃時淡，而我誤解於自己的出生彷彿也是他們吁出的團團白霧，我感到自己如稍縱即逝的它們一般純潔、白淨。

父親踏著黃昏的雨歸來，見我已收拾好行李，便從農舍附近的菜畦摘了顆高麗菜準備燒飯，我站在連結廚房與臥室的狹窄走道，並不確知自己該做些甚麼，因此只靜靜地盯著父親移動的背影。我想父親過去嚴肅、耿直的性格，據說幼時也和祖父一起生活在同樣的農園、同樣的農舍，就在這同樣的山谷，但父親並未阻止我離家求學，不曾囑咐我應當繼承他的土地，或者告誡我不應當同他一般。

父親燒好了菜飯，招手喚我。摺疊桌上擺放了一疊虱目魚肚、清炒高麗菜和一碗專屬於我的豬腳麵線，父親自己則是半碗撒了苦茶油的白米飯。父親深知我酷嗜豬腳，才特別準備的罷。我拿起筷子，半晌，聽外頭雨聲漸歇，只餘滴水敲打塑膠桶的聲音，農舍內的廚房陰濕寒冷，我慢慢咀嚼，不時瞥向父親，而他仍為了早晨的燙傷無法正常吞食。

父親放下筷子，問我回來有甚麼打算？

我吞嚥口中的麵線，良久，憶起畢業前一位老師對我說過近年政府正在推廣青年返鄉的創業貸款。我向父親說明這項計畫的可行性，並希望明天能和他借用小貨車，以方便到市區進行申請流程。

父親點頭同意，我們分食虱目魚肚，父親見我無法用筷子劃開魚肉，便以筷嘴替我按住。飯後，我將碗碟清洗乾淨，父親在一旁接過洗淨的碗盤，偶然間我的手與他的手相碰，發現他深色的手指皮膚皸裂，而水槽內塑膠水管流出冰冷的液體，凍得我瑟瑟發抖。

或許是水槽上方的紗窗正篩進淡薄的水霧，而水霧移動的模樣似有動靜，致使我想起了年幼時母親曾對我說的鄉間傳奇。我於是轉頭問父親，是否記得那些故事。

我本意想與父親談論母親生前說過的神怪誌異，那向來是我童年記憶裡稀罕的樂趣，父親在聽聞我的話後，卻陷入了寂寥的沉靜裡，不發一語。

我獨自懷想母親向我述說山中菟絲幻化為人的形貌，藤纏樹纏死，颱風過後在河谷間縱走的腐木，以及數丈高的巨樹如古生物般在白霧飄盪的山巔緩慢移動，據說，它們橫跨谷與谷之間的一步費時千年，根部入的深嚴，動靜間是拔山的，只不過太慢太慢，人類肉眼不可得見。

這天晚上準備入睡前，父親指著過去一處儲物間給我，說那是替我預備的書房。我打開儲物間門，室內清掃得十分乾淨，只有一張方桌、一把鐵椅，面對父親農園的小窗，還有半截垂淚的大紅蠟燭。

山上容易停電。父親告訴我。又說我是讀書人，需要一間自己的書房。

我在書房逗留許久，試著就蠟燭微光閱讀，窗外夜霧侵入搖曳不定的火光，我吁出一口氣，霧微微退縮，復又推進，我深深吸入一口霧氣，凝視吐出的熱霧懸滯於夜。

我做了一個夢。

夢裡，我仍只有父親腰部般高。我與父親坐在一部大馬力探險車內，於圍繞農田的山巒間馳騁。

父親的左肩上扛著一把傳統獵槍，右手既操縱方向盤也拿菸，他滿心歡喜地對我說著甚麼，舌上的燙傷如一枚戒痂。而我也誠摯地回應他，儘管我和他都不懂對方的話。

我們愈往深山行進，一股熟悉的香味便愈是鮮明，我忽然意識到我們正在擎天的巨木間奔馳，古老巨木透著霧並透著光，影影綽綽，散發陣陣鬼魅的香。

夢中我忽然又能與父親對答，我問父親那是何樹？父親答：牛樟。

於是，幼小的我在夢中目瞪口呆地仰望名為牛樟的神樹，見它們高聳入雲、並葉而立。父親將探險車開得愈來愈快，我眼前的巨木在霧中也成為錯落黑白的模糊光景，只剩下香味在霧中無聲地爆裂。

末了，父親將車子停妥在一條山坡路上，這時我才發現我們是如此地接近山頂，也因而隱身於浩瀚無邊的白霧當中，父親與我趴在霧間，撥開一處濕潤的草叢，向下望過我們山谷間的農舍與農田。

父親說：兒子，你看我們家是多麼小啊！

我回答：是的，爸爸。

父親端起獵槍，那是一把老式火繩槍，父親從口袋裡取出鉛彈和火藥，將其填入槍管，他熟練地擺弄著槍，而我僅僅是呆望他，看他專注的眉宇間正逐漸凝結一顆晶亮的水珠，並且隱隱向上漂浮，霧將我們團團包圍，以至於即便我們靠得如此近，也依然不能辨別彼此的樣貌，我唯有從他香菸火光時明時滅的頻率揣測他的呼吸。

霧向上升，我更清晰地望見我們的家園，令人驚訝地，我看見一隻嬌小美麗的鹿正在父親的菜畦裡嚼食一片肥碩的菜葉。那是一隻無角的母鹿，身上白斑點點，輕悄行走的模樣好似即將消逝在霧色裡，她靈敏的耳朵不時擺動，傾聽周遭動靜。

父親呼喚我幼時的小名，倏地將我攬在懷裡，指引我握住他散發火藥臭氣的獵槍，等他協助我瞄準以後我才明白父親要我做甚麼，他用自己即將燃盡的香菸點燃了引信，母鹿抬眼望過來，她看著我的樣子，就好像知道我一生中所有的故事。

這長年在現實裡無法被驅散的濃霧，最終被我手中槍的巨響打穿出一個洞，洞裡撒下久違的陽光。

那隻鹿靜靜地倒臥在我與父親的農舍邊，漆黑的眼睛望向遠方。

此時，我發現整座山就如母親所說的那樣正緩緩移動，山巔伸手將我與父親送往天空中的洞，以及那一小片陽光，我們亦伸出手，被雨霧打溼了的手，而我們是無法被接納的，我知道。

父親在我身邊大聲地哭嚎。

我驚醒了，從打著微雨的窗邊猛然站起，我發現自己依然孤立於父親給予的書房當中，雨聲點點，父親哭號的聲響更加清楚。

我來到過去父親與我、母親一同生活的臥室，那是第一次，我看見父親非人樣貌

——他兩眼無神凝視黑暗，張嘴無話，胸膛劇烈起伏，並不著一字一言，只是驚叫不已。我惶惶等在一旁，直到父親猛然吐氣，往後倒回床上。

其後，我無法與父親共處一室，只得回到書房就著燭光讀書，並光影游動的文字入睡。直至早晨，我俯在方桌上的臉面有了深深壓痕，抬頭便能看見稀微的光線穿透雲霧，寂靜地敷在父親的農田，遠遠望去，父親身著螢光外套的身影是白茫茫的山色中唯一清晰的形狀，我在書房中高喊父親，而父親朝我轉過身，揮揮手。

如同水中呼吸一般，我於此地發出的叫喊透過層層水霧更能清楚地傳達到父親耳中，父親朝我揮手，我亦朝他揮手，我每一揮動一次手，父親的身影便滑動似的離我更近一些，待我們揮了三次手後，我聽見了農舍屋門打開的聲響。

午餐時，我問父親是否記得夜裡的事，他緘默不語。

我提醒父親借用小貨車一事，父親才如夢初醒般微微點頭。

下午，我試圖遺忘昨夜的古怪遭遇，駕車前往市區執行申請流程的銀行，在那兒，彷彿每個人與我都是一樣的，看不清面孔，卻擁有相同的腔調與衣著。程序平和地進行著，先領過號碼牌後便在等候室靜坐，片刻輪到我的號碼，遂帶著準備好的表格與資料前往單一會談，我和一名上了年紀的女士討論一份資料裡內括的企畫書，不知甚麼原因，我竟把企畫書的格式弄錯了，那位女士告訴我要是經過仔細的修改，必定可以通過，我應諾了，約好過幾天再度會談。

離去前，我站在建築物外頭的柏油馬路上，從手指的遮擋下窺視太陽。這莫可名狀的當下，我忽然想起自己少年時在市區就讀國中的過往，不知為何，那時的我早晨起床總無聲流淚，任由母親替我更衣梳洗，我害怕離開山谷中的農田，離開到一個非我族類的群體，那時坐在交通車上的我，紅腫的雙眼迎向海濱公路初升的太陽，滿心覺得那是一個景色如此優美，卻也如此殘暴的世界。

我走向父親的小貨車，聽見有人呼喚我的名字。轉過身一看，是個身材粗壯的原住民男人，他自稱是我的國小同學，如今在林務局做巡山員，名字叫巴布，而在他的部族裡，巴布是山豬的意思。

他請我抽菸，我們一塊靠住被太陽曬暖的牆面，瞇著眼、屈起腿，在凝滯如蠟的光線裡交談。

他問我何時回來？有工作沒有？是否還和以前的同學聯絡？我一一答覆，他聽聞我仍住在山谷裡，囑咐最近山老鼠猖獗，最好當心，我加以追問，他便說山老鼠放話要山中一棵千年老牛樟倒下，此樹似乎就在我熟知的其中一座山上。我聽得入神，巴布又告訴我，這些人其實是都市來的毒蟲，將一棵棵老樹當作山上的提款機。

我為他純樸的比喻感到可親，想像山中一棵棵樹全變成了昔日在城市求學時的高樓大廈，只是這座城市空無一人。

二

我駕車回家。

遙遠地，見父親獨自呆立在農田中央，仰頭張嘴，迎接從天而降的雨，我走近時，父親伸出的舌尖看來脆弱、可憐，遑論舌面上的燙傷，非但不像夢中的戒疤，還露出深紅色的嫩肉，似有些糜爛。

我正要進屋，父親卻叫住我，詢問是否還有事忙？我否認了，父親便領我到農舍邊的菜園，指著一列套有塑膠布的菜畦，要求我替他把塑膠布全數拆除。我低頭應諾，雖不知父親為何突然要我幫忙，我仍蹲下身靜靜拆扯塑膠布。父親沒有給我手套，我在拆除的過程中髒汙滿手，濕潤的泥土嵌進指甲縫中，膠布下的生物則倉皇閃躲。唯有一條蜷縮的火車蟲，並不理會我的侵擾逕自熟睡，又或者正因我的侵擾，更加不願醒來。

即便雨絲細密，我的身體也在勞動中逐漸暖熱了，待所有的塑膠布拆除後，我往農舍邊的塑膠水桶上坐著休息，水桶周遭盡是父親訛買的雞屎肥料，臭氣熏天，山谷間水氣蒸騰，空氣已是不好，雞屎味更讓我呼吸困難，趁著父親回農舍燒飯，我遂駕車將一袋袋雞屎扔至海邊，直至夕陽西下歸家，父親已在農舍裡備好晚膳。

用餐時，我哄騙父親雞屎肥料盡數發霉，只好將其扔棄，父親沒說甚麼，只是如在多良月台上第一眼看我時的模樣，靜靜地彷彿不敢相信我就在此地，我竟也不知該如何回應父親的沉默，轉而向他提及遇見國小同學一事，並意圖探問山中千年牛樟，但父親放下碗筷，囑我近日別往山中跑，其他再無言語。

晚間我於書房閱讀書冊，窗外雨霧飄搖，漸融於夜，混雜著雞屎臭與其中逐漸能被察覺的細微香氣，此時，我竟覺得父親使用雞屎正是為了悄悄掩蓋山中奇香。可是為什麼？我最終不敵睡魔，闔上書籍，倦怠中如幼時般摸索著暗裡的牆來到臥室，父親已準備入睡，他堅毅的目光淡淡瞥過我，隨後脫去上衣躺入床鋪，我脫下鞋子，小心翼翼躺在父親身邊。

睽違多年，我再度與父親同睡一床，我與父親之間隔了一條手臂的距離，因此，總有股母親仍會在某時出現的錯覺，錯覺母親會橫躺與我與父親之間，在冰冷的深夜中吐出白霧。

入睡前的空白，父親低聲問我申請基金的情況如何，我如實告知，並預借小貨車用於下週，父親同意了，翻身陷入沉睡。

我嗅聞被褥，一時間驚異於撲鼻而來的狂暴香氣，這香氣同時又是我久遠的鄉愁，我的母親，我想起了她，僅僅是她一個摩擦燧石的動作。

母親是山間女子，昔時最愛和雨霧賽煙，父親曾告訴我他是因為母親才開始抽菸，而我亦然。母親抽菸只使用一桿有著特殊刻紋的菸斗，那菸斗在年幼的我眼中紅紅綠綠、閃閃晃晃，是如今再難以被完整記述的式樣。

母親摩擦燧石點燃菸草，一有星火便噗嗉噗嗉吸吐，她能夠長時間憋氣，最後從她胸口綻放的煙團如長年籠罩山巔的雲氣般龐然，我以前有過可笑的誤解，以為整座山谷的霧都是從母親的菸斗中誕生。

而與煙味相傍的，是母親衣衫的香。

我嗅聞著床上的那股香，漸漸睡著，做了夢。夢中我與父親在山巔上，依然伸出手朝向灑落陽光的天空孔洞，而我們的動作與整個夢中世界的行進都是如此緩慢，是人類肉眼所不可見的。我知道，我們不可能被接納。

還有鹿悠遠的眼神。

父親再度悲哀地嚎啕，嚎啕後帶有疼痛的哽咽，我於是驚醒了，我看見父親如前晚那樣胸膛起伏急喘，雙目圓瞠，全身抖顫地驚懾而起，父親身上不知甚麼緣故，竟有如環繞著水霧般流出涔涔冷汗，他眨著眼，液體便從他泛紅的眼角淌落。

父親醒了過來，掀開被褥，在屋內悽惶奔走，他欲開門，門鎖上了，他扭著門把，卻不知將鎖打開，他找到我夢中的古舊獵槍，他拿著槍在臥室中狩獵，他瞄準黑暗裡不存在的獸類，屏氣凝神，良久，他問我：兒子，你看見那隻鹿了嗎？

我回答：是的，我看見了。

父親作勢將引信點燃，靜待槍響，我走向他，輕輕取走他手中槍枝。父親乖巧地回到床上，霎即入睡。

隔日，我問父親是否記得夜裡的事，他沉吟半晌，纔說是母親的香。

一陣一陣牛樟木的香，順著夜裡的怪風送進父親的睡床，他說以前母親總用牛樟木薰衣，問我記不記得。

我不記得了，只知道父親與母親是在深山中相遇的，許多年前，父親的父親在屏東由於販賣私酒的關係遭到通緝，他一路逃到了後山，在山裡躲藏數年，過著鼠輩般的可鄙生活，但與此同時，也因山中林木的沉靜與潔淨而得救贖，他在這座山裡開闢荒土，建造如今我與父親居住的農田與農舍。

據說，祖父當時不知從哪裡借來了一輛挖土機，一點一點挖掘這座山的肌脈，將浸染霧氣的濕潤黑土傾倒在山壁間的懸崖下，長此以往填出了一片沃土，也就是說，我與父親的家園早先是以極不文明的野蠻手段構築而成，這位於山谷間的農地本不該存在，儘管如此，數十年來也從未有人打擾，意圖收回土地，終年雲雨纏繞的山谷猶如避世的桃花鄉。

之後祖父和挖土機主人的女兒結婚，生下了父親，在深山中，他們絲毫不知道外界的變化，也不曾聽聞新的統治者頒布了甚麼樣特殊的法令，只是在瀰漫水霧的孤獨山谷中辛勤耕作，我可以想像得到父親完全複製了我的成長，或可說是我複製了父親的成長，因為兩個年輕的孩子在相同的山谷裡不會有其他可能，我幾乎可以想像得到——父親與我一同出生在含帶濃厚水氣、微雨的清晨，遠方晨曦經過，彷如輕撫過水面的光線，我與父親都為那縹然的光點感到滿腹狐疑，我們伸手去抓，卻只抓到水面下繽紛的顏色，我們是被包裹在霉斑點點的襁褓裡糊塗長大，當雙腿足夠強健時，母親將我們放到地面上，讓腳掌紮進濕軟的黑土地，我們在山林間奔跑著，踢起幾尺高的泥巴，替農園勞作時不忘戲弄掩藏其中的青蛙、蚱蜢，我們在霧水中泅泳，因為霧是那樣的沉，導致陽光遺忘，而陽光的遺忘就是時間的遺忘，在那山谷間，我與父親記憶中的行動總是受到阻礙的，宛如水中。

唯一的不同就是父親與母親的相遇。當父親茁長到了足以單手抓握農耙，他決意離開農田，到山林間探索。

父親曾見過祖父提著一把沉重的槍上山，當時仍年幼的他被遺留在孤寂的田中央，他感到害怕，卻又產生了周圍山林皆可能存在有父親的錯覺，並因而心安，父親等待祖父的歸來，隨後，一聲槍鳴在山中迴響，那聲音綿延之久，似乎成為山本身的記憶，再難以消逝。

父親見到祖父雄偉的身體揹負一隻半大不小的母鹿，蹣跚地沿著山間小道回家，那把槍懸在祖父膀間，父親盯著黑洞洞的槍口，藉由凝視感受從中傳遞的餘熱。

年輕的父親也想上山，他沒有找到父親狩獵的火繩槍，只好揹著耙子邁入山徑。他在山中行走，健步如飛，絲毫沒有他漢人應有的疲乏。而父親獨自進山的那日霧水特別厚重，尤其在山巔之上，他就像往月球漫步般地抬腿、踩地，似乎在山間一跳就能飄然懸身。

父親在旅途的終末見到了那特異的巨樹林，他訝異於樹木的高聳與姿態，父親繞其行走，在一棵擎天牛樟的樹穴中找到一名膚色黯褐的女子，她的身上滿是樹特有的清香，並且深深地熟睡著，手中緊握一把艷紅的牛樟芝。

父親曾告訴我，與母親初次相遇的那天，整座山正淺淺、緩緩地移動。繚繞山間的霧氣中彷彿有巨大的古生物邁開多肢的龐然身軀，在霧中與群山共舞。

我不再害怕夜晚的父親，儘管如此，白日時的父親卻不再願意借我小貨車了。父親說他也有需要貨車的時候，因此，他不再借我。

我唯有鎮日端坐書房桌前，就一蕊燭燈讀書，試圖將申請基金的表格完善。我想起最近一次向父親借用小貨車的情景，我開車往市區，銀行內小隔間中的女人告訴我，這次企劃書寫得相當不錯，但還有一些表格尚未填妥，我向她詢問這些新興的表格，她表示十二萬分歉意，就連她自己也是今天才收到相關的公文，可倘若沒有這些表格，企劃書是無法送審的，我只好再度離開。

經過那面遭陽光曝曬的圍牆時，我遇上了我的國小同學巴布，我奇怪怎麼總是在這兒見到他，他卻沒有同我一般大驚小怪，反而熱情微笑著招呼我和他的朋友們一起喝茶，我於是同他來到附近一間警察局，和他的警察朋友們一同坐在警局外的榕樹下，啜飲熱燙的太峰茶。

我同巴布說了近來的不順心，並問起上次他說的山老鼠之事，巴布告訴我，我的企劃無法提交到較上層的機關是理所當然的，因為最近上頭為了合法盜伐牛樟木的問題正鬧得沸沸揚揚，巴布向我解釋林業用地更改為農業用地後，「那些人」就能夠合法地將一株株老牛樟砍下運走，而這一切都是在眾目睽睽下進行。

我沒有問巴布「那些人」是誰，只是突然想盡快回到我與父親的農田，渴望躲入飄邊的雲霧中，從此不復出。

就是那日，我回到家中向父親坦言申請流程並不順利，父親再無言語，父親再也不願借我小貨車。

其後一年，夜晚就燭火讀書，火光將滅未滅的時刻，我搓揉疲勞的眼瞼，凝視書桌前窗外搖曳的薄霧中是否有父親身影，他總於清晨工作至夜深，除了預備三餐，我倆碰面的機會愈發稀少，他不再與我談話或者輕拍我的肩膀，那段時日，我以為父親成為濃霧裡一抹極易消逝的鬼魂，有時我無法繼續苦等他的歸來，遂打亮一盞燈，踏泥濘入農園尋找，我從始至終未曾找著父親，反倒弄得一身狼狽歸家，父親早已燒好飯菜等著。

晚間我倆依舊同床入眠，父親也幾乎不語，只有入睡後，窗子關不住的香氣趁夜炸裂，那時候的我，通常正在夢裡與父親跪坐緩慢推移的山巔之上，朝遠方破裂的天空洞口揮舞顫抖的雙臂。香氣開始撩撥之刻，往往顯像於夢中孔洞裡的陽光，那我與父親從來不可碰觸的陽光，只願意落在死去的那隻母鹿身上，而我夢中的鹿，又隨著時間更迭日益腐爛了。

夢中的父親尖叫痛哭時，我便知道屋內的，我身邊的父親亦跟著驚叫不休。

但自從父親不再借我小貨車以後，夜裡我也不再願意撫慰父親的恐懼。

一如在夢中的山巔時，我知道我與父親永遠無法被來自天空的陽光所接納，我也知道，父親認為我一無是處，我知道，父親漸漸對於借貨車讓我往返市區感到不耐。

於是，夜晚成為我報復的時刻，我再也不理會父親，甚至驚嚇他，父親的狀況愈加怪異，他開始會像野獸般呼號，在床上跳動，且在呼號時扯痛嘴內已然潰爛的傷處，使呼號趨於哽咽，滿口淌血。我更是感到厭倦，篤定父親實是有意識的，只是想折磨我。有天晚上，我終於再也忍無可忍，打開門指著外頭說：「出去！」父親就像一條訓練有素的獵犬般衝出屋門，朗聲狂吼，吼聲卻帶著躊躇，我深知父親嘴內的傷口一直未見好轉，此刻也因而阻止了父親的放浪。父親向夜裡的香氣奔去，猶如年輕時向緩慢移動的山巔上奔近母親。

我猜想，父親大抵也與我做著相同的夢，往後近乎半個月，我在夢裡與父親伸向天空的手愈來愈近，而父親再不曾嚎哭，父親看著我，微微地笑了。

父親夜奔後均在清晨歸返，帶來一身牛樟木的香氣、濕潤的泥巴、新綠的嫩葉，他的手掌和腿部均附有細小的割傷，整個人如嬰孩般被水氣包裹，回到我身邊躺臥時深深熟睡，凹陷的眼眶不斷流淌出透明水氣。有時，父親會帶禮物回來，是一把肉紅的牛樟芝，有時父親當著我的面，無意識地將東西吞吃入肚，有時又將東西遞給我，直勾勾地盯著我吃，希冀我成為他的同伴。

往後每夜如此，而白晝的父親忽對我的無用妥協了，彷彿夜裡的奔跑讓他心中某一處角落得到補償。早晨吃過早飯，他開小貨車送我到市區，中午我們找到一間父親年幼時隨祖父吃過的麵攤，叫了幾樣小菜，彼此安然無事地吃著，偶然間，我會捕捉到父親眼中的饜足，他盯著我吃食，自身卻由於嘴內的傷口已多日未進食了。

父親夜驚，如山獸般傴僂身軀潛伏至門邊，指掌梳抓門板，無意識地發出沉痛的呻吟，指望我、或者其他甚麼人能替他開門。起初我恨厭他，但如今，我感到夢中同父親一塊駕車馳騁山巒的喜悅。

說起來，我夢裡的母鹿已成白骨。

而山仍成長，我與父親依然在山巔上朝天空趨近。

偶然，晏起的我們在午後入牛樟木群散步，行走於擎天之林的父親面容安詳、專注。足見每夜驚呼而起，急喘著滿身淋漓將成為他晚年的習慣之一。

我最後一次往市區送資料時，再度遇見了巴布，他對我說，最近山老鼠間盛傳：山中有鬼。

卻不知能否挽救牛樟木慘遭盜伐的悲劇。他說道，且問我信或不信。

我向他訴說母親曾告訴過我的鄉野奇談——颱風暴雨過後，麻立霧溪一夜暴漲，從直升機往下望，相距不遠的海洋與麻立霧溪比起來反倒才是河川，麻立霧溪之中潛藏著龐大黑暗的影子，是潛沉於地底的，只透過麻立霧溪偶然的氾濫，不意間洩漏了自己的鱗鰭，它在山中游動，既緩且慢，是人類的肉眼所不可得見；除此之外，還有長日居住於山窮之處的山地孩子吟唱的歌謠，關於濃霧中長肢的古生物，同樣也以極為緩慢的步伐拔山過谷；盤繞山間的巨蟒則無處不在，一生中只願嚥下空無，於是自身也成為了空無，無人得見，除非它吞入了你的聲音，那末那聲音，將永遠迴盪在群山裡。

巴布目瞪口呆聽我講述，末了，問：有如人般的妖物嗎？

我想起了父親告訴我的古老傳說，我說：有單腿跨雲豹，一腳踩大腹蟾蜍的美麗山鬼，居住於牛樟樹穴，以露為飲、樟芝為食，傳說，此女隱匿於山間河谷，芳蹤難覓，她行路留下的唯一線索，是她摯愛的牛樟香氣，這純淨神秘的香氣，一旦被留下便七日不滅，這香氣，會跟隨山霧與你日夜纏綣，直至某日，你成了她的夫君。……除此之外，亦有春雨過後遭雨水沖刷至山腳的腐枝直立而起，趁夜並列魚貫歸山的；也有仿人聲的猿怪，得知山老鼠來，仿擬巡山員或其同伴的叫喚，惹得其人墮崖斷腿、罵聲咧咧；又或者，早年山中家庭寒傖，無力供養以致慘遭流放的么子魂魄，甚愛螢火蟲的光，透過蟲光，才能驚鴻一瞥這些孩子前所未見的天真臉龐。

我的國小同學巴布，看著我說罷後，露出了心滿意足的笑容，他與我擁抱，囑咐我再來市區看他。

而我反覆琢磨巴布的言詞……山中有鬼，名曰山鬼，殊不知是人是鬼，還是鬼是人呢……

某夜，我夢中的陽光失去顏色，父親的獵槍在雨霧裡無法點燃，父親與我面面相覷，他已然老邁的面孔透露出絕望與脆弱，我們悉心守護的農田與農舍中，彷彿母親一般的鹿屍最終和光同塵。

我睜開眼，甦醒了，而身邊的父親正夜驚，我奇怪地看著他，多日以來，我總愛幻想父親被屬於母親的奇異香味驚醒，抓把著夜色躍入黑暗，行路間癲而狂呼，嚇走一窩窩山老鼠。

但我從未真正見父親成神成鬼，反倒是他口內的傷，以逐日惡化的方式向我彰顯他為人的真身。也有可能正因父親嘴上的傷，才導致他無法拋卻人類的皮囊。

今日，我隨父親奔入夜霧。

父親跑得極快，起先邁動雙腿，邁不住了，遂俯下身四肢並用，他的面孔在透霧而來的微弱月光下充滿猙獰的狂喜，父親意欲嘶吼，他嘶吼，撕扯到口中傷處，因劇痛而嗚咽，但他依然奔跑，吐著舌尖滴血跑過田野、跑過山道，在月光雨霧裡奔跑的父親四肢以不自然的樣貌扭曲著，卻更因此而接近母親，現在，就連我也被母親的香氣深深浸染了。

而後，我見到一名身馱木塊、面容憔悴的男子在林中鬼祟行進，他沒有注意到奔跑的父親，父親也未注意到他，兩人卻如同命中注定般，兩個黑點愈來愈近，最終撞擊在一起，我並不擔心父親，我知道父親的盲目中其實帶有蓄意，如同他長年的瘋狂夜奔裡帶有尋找母親牛樟樹林的理性，反觀那名負木男子，他被撞擊後顫抖一下，往著完全錯誤的方向跌入山澗。

我立刻埋入群樹，竭盡全力來到這名男子跌落之處。

山澗黝暗，我看著底端，彷彿有泛著白光的軀體正抽搐，他掙扎一會，再也不動，此時此刻，我竟感覺這名男子是代替我死去了。

我想起巴布曾告訴我：這些山老鼠其實是都市的毒蟲，因為沒有錢，就把山中的樹當成提款機。

我不禁為這山老鼠和我是如此的相像感到悲哀。

忽然，我聽見山澗底部傳來清晰且茫然的自白：「……在施打過海洛因後，我來到這座城市，這是一座無人的城市，所以，我能夠任意行走，不會被傷害，現在，我因為再也承受不住自己的體重而從其中最高的建物頂端墜落。」

我靜靜地傾聽，最終，透過這個人將整座山林想像成都市，也就是我來時的地方，我把高聳的牛樟木想像成高樓大廈，而這座無人的城市中正輕輕吹過一陣涼爽的微風。僅僅這麼一瞬間，風吹走了我家鄉的霧，我似乎能從中看清某些物事，最後卻又甚麼也看不到了。

我追隨父親的腳步來到象徵母親的牛樟木林，抬眼仰望，須四人環抱的牛樟木，暗時是黑闃矗目，真正與山鬼山神無異。

其中那最巨碩高昂的千年牛樟正從枝葉扶疏中，以千顆星眼俯視我。我虛軟無力，自覺在如此肅穆莊嚴的氣氛中形衰如蟻。

漆黑無光的森林裡，父親追逐母親的幻香躍上躍下，我就在這平靜的、屬於我與父親、母親三人獨有的冷涼空氣中靠著牛樟樹幹盤坐在地，絲毫不感困倦，我膝旁腐朽的枯枝倏地僵直站立，圍繞出令人費解的圓圈跳起群舞，猿猴與鴟鴞的叫喊不同以往，是喜悅，是悲涼而喜悅；螢火蟲翩然旋飛，黑暗微光中映照出孩子的臉，此外，就像母親曾對我說過：山在成長，緩緩的，人類肉眼不可得見。

如今我已不再前往市區，不再對永無止盡的申請流程心生希冀，我即將繼承父親的農田與農舍，我知道，某時我也將與另一名女子相愛，共同孕育霧中之子。

在最後的夢中，鹿骨消融的土地長出了我的母親，我想起她，僅僅因為一個擦亮燧石的手勢。

在我初滿十三歲時，父親、母親曾帶我到山上打獵，我們習慣潛行霧中、毫無聲息，不知過了多久，父親發現了山坳處一頭靜靜嚼食草葉的鹿，母親遲疑一會，取出燧石，愣忡著。我看著母親看著那隻鹿，以稚嫩的童音催促，母親卻搖了搖頭，指稱那是一隻懷有身孕的母鹿。

那時，我與父親睜著發亮無感的眼睛，長久不語地凝視她，那目光原本只有父親懂得，後傳承予我。幼小的我以為那目光所代表的只是飢餓。

母親最終點燃引信。

她點燃那把屬於她山父所有的獵槍，瞄準鹿，星火咬住火藥之時，母親的身軀與鹿的身軀藉由瞄準的儀式產生了再也無法抹滅的聯繫，這種聯繫使我覺得，母親就是那隻鹿。

而母親的身軀與鹿的身軀，竟也奇異地在火焰爆裂的瞬間熊熊燃燒起來，不可思議，照亮且溫暖了濕冷山谷，比外頭的陽光更耀眼，比夢中的陽光更炫爛，我的母親所燃起的火焰，就那麼短暫卻恆久地存在了。

猶記那時，我和父親小心仔細地把獵槍從餘燼裡掏弄出來，並不感到母親離我們而去，反覺她回到了山顛處某一棵牛樟木的木心，一如最初地深深熟睡。

不，其實我們知道，母親已經死了。

父親將獵槍做了改造，改以喜得釘引爆火藥，如此將更為安全，這卻是犯法的，父親往後未再使用獵槍。

而我則離開家鄉，進入一片水泥叢林。我極盡所能推開父親，而父親亦以極快的速度與我遠離，這完全是因為我們都在彼此眼中看見對方當時的眼神。

那致使母親擦亮燧石的洞白目光，其中暗藏我承襲自父親而父親承襲自祖父……由此往上追溯無數代的貪婪本性，將永遠在我與父親的對視裡留存。

三

父親嘴內的傷一直未好，終在某一天潰爛如繁花，那夜，他氣息紊急，一如以往於子時驟醒，艱難地喚我，不知為何，我倆就在夢中不知對方言語，卻依然可以對答如流的狀態。我問他是否又聞到了香氣，他說香氣還是有的，卻淡了不少，囑我明日往林間探視，我低聲允諾，父親才安心閉目。

我守著父親一夜，直至天光濛亮，山谷間雨霧飄搖，我跑過農園，影子在樹木中扭曲顫動。遠遠地，見林間的牛樟木只剩滿地殘枝片段，轟轟運作的怪手機械如我祖父深掘山的肌脈。而一切空空如也，我呆立其中，彷彿又聽見了父親的嚎呼，一聲一聲，和著滿山遍野死亡的清香。

城市、林木、母親、父親，所有的，已全部消失。

民國一〇一年七月六日。

III

怪物之鄉

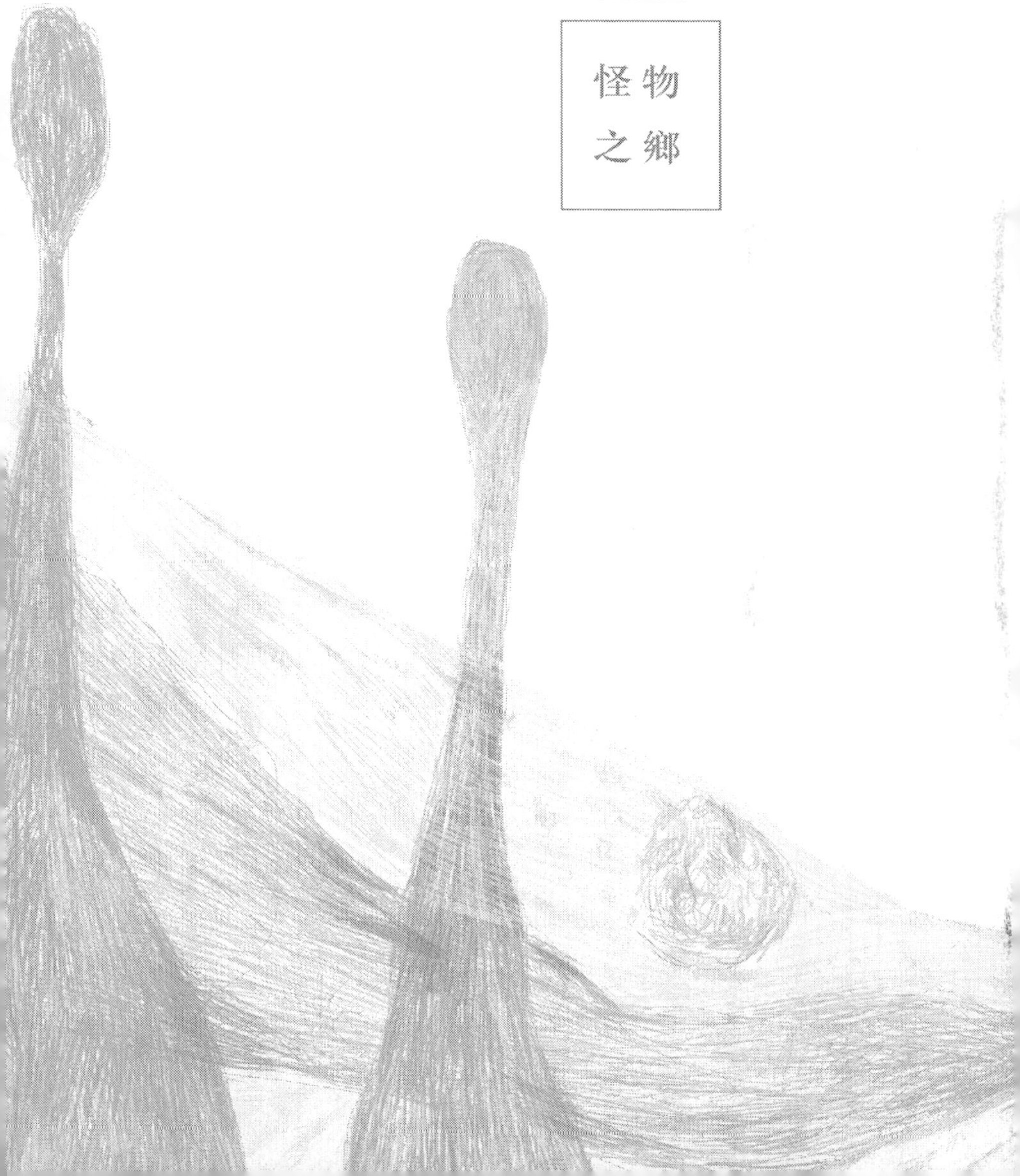

伊莎貝拉

我在某一年進入了位於山腳的一間藝術學校，主修劇本創作，在這間學校裡，我們總是到最高處的教室上課，那兒三面是窗，可以眺望遠方的湖水與山巒，黃昏時雲霧從山頂下潛，覆蓋住整座校園。

校園有成片的草原，如今已被鳥類攻佔，白天時環頸雉與藍腹鷴列隊疾走，鴿子和烏鴉群聚屋簷，牠們飛翔與驟降的姿態，顯得如此無害。只在夜裡，牠們的眼睛散發磷光，在夜裡，從窗子往外望去，黑暗中密密麻麻全是牠們眼睛的亮點。

山間的學校原本有許多蚊蟲，不知何時起，我想是最後一隻小黑蚊迷亂地竄進一隻眼神呆滯的環頸雉嘴喙後，雙翅的牠們從此絕跡。

我在最高處的教室觀測這一切。

這間教室異常空曠，永遠坐著一群人，為了不錯過所有課程，他們包著尿布、自行攜帶高劑量維生素。長得相貌堂堂，但一開口就被另一個人打斷，而另一個人再打斷另一個人，如此周而復始創造出一種高頻率的嗡嗡聲。如果仔細聽這些嗡嗡聲，可以發現他們其實在討論一些生命中悲傷的故事，但他們富有組織而且面無表情地說出口，我為那些真實受創的人感到歉疚與哀慟，但我還是擺出同樣富有組織而且面無表情的模樣。

有一名男人在講台上說話，但我已經想不起來他從何時站在那裏，又對這些人說了多久的話，他們似乎討論了波赫士、班雅明、卡夫卡和《一九八四》，隨後，他們運用各種寫作技巧談論生命中旁觀的悲劇，他們談到悲劇可以如何洗滌心靈。

講台上的男人陳述這些時，有一隻黑色的鴿子棲息在窗外的冷氣機上左顧右盼，使我了解假如宇宙中當真存在著某種驅力，那隻鴿子是再清楚不過，假如這個正在說話的人當真有某種力量，那隻鴿子是再清楚不過。餘下的時間裡我都在觀察那隻黑色鴿子，牠何時飛來或者何時飛走。

牠是我的老師，我將牠取名為伊莎貝拉。

教室的末端陳列著手術台和兩名演員，一位是奧伯良，一位是溫斯頓，前者正對後者訴說關於天亮以後在何處約會之類的話。

我不得已必須紀錄他們之間的對話，並且留意到這兩位演員從來不按照原劇本演出。

奧伯良說：我已經觀察你許久，如今，我將使你成為完人。

溫斯頓說：沒錯，被了解比被愛更好，好得多！

名為伊莎貝拉的鴿子翩然離去，於是我抹去了原本的文字，寫下一段敘述：

（兩人相擁狂吻。）

溫斯頓從黑暗中張開了眼睛，發現自己已經遠離了黑暗，他在一蒼白冰冷的房間裡，躺在一張熟悉的椅子上，房間充滿光線，是椅子無法在地面上留下陰影的程度，理所當然，那張椅子旁邊有四個儀表板，而奧伯良就站在他身旁，眼神溫柔地望著他。

溫斯頓想起過去被奧伯良以疼痛喚醒的日子，眼中不禁泛起了淚水，儘管他的感知被剝奪了，再也無法清楚地指出一天的黃昏與黑夜，但這似乎同時也暗示著做為人類一生在追求的永恆，他體會到了，所以這不是悲傷的淚水，而是感激的淚水。

「我說過了，我會救你。」奧伯良輕聲告訴他：「我會使你成為完人。」

溫斯頓望向自己萎曲乾枯的手指，看著它們軟弱無力不再需要束縛，他又感到這是怎樣的自由，而這也是奧伯良帶給他的。奧伯良那一張粗獷、嚴肅的臉面對他，露出隱隱的微笑，他的手愛撫溫斯頓突出的肋骨，滑過每一處，那一處彷彿才長出來，所以，總歸來說，溫斯頓因此才真正存在。

他張口，發出嬰兒般呀呀的低鳴，他的牙齒在日復一日慘無人道的折磨中全掉光了，奧伯良只得彎身將頭湊近那張黑洞的嘴，傾聽溫斯頓疲乏的語言。

「……但是，我的這些思想也是因為黨。」

「我不懂你的意思。」

「我是說，我原本也好，新話來說，我思想好，是有一天忽然而然地，因為必須證實老大哥的統治威權，必須向其他的什麼人證實，我扮演了反叛的角色，我必得和裘莉亞做愛，必得害怕老鼠，必得做我不願意做的人，我的壞思想也是因為黨要我如此的緣故。」

奧伯良凝神細聽溫斯頓這一番說辭，而溫斯頓也惶恐地盯著他手中儀表的槓桿，奧伯良的手只是微微動了些許，並沒有移動槓桿。

「你的意思是，你會有這些思想是因為我們需要你扮演一個惡徒的角色，如此一來，其他人就能從你身上學到教訓。」

「不，不是教訓，是被改造的快樂和福祉。」

奧伯良微笑的嘴咧得更大，好像一道新割的傷口。

「你已經成為我希望你成為的人了，溫斯頓。」

驟然間，纏附在他身上的束縛宛如夏天的陽光照耀在冬日的荊棘，紛紛「啪」的一聲綻裂開來，驟然間，沒有陰影的房間由貨真價實的戶外豔陽所占有，在奧伯良的攙扶下，溫斯頓感到一種重生的喜悅，因此儘管他無法自由行動，與這名拯救了自己的導師相依行走在灑滿金黃的花田裡，也未嘗不是浩劫後的獎賞。

過了一會，溫斯頓看見一隻羽翅由黑漸紅的曙鳳蝶在自己的眼角下撲騰，牠停駐於溫斯頓的眼球上，使得他不敢移動那枚眼球，改用另一枚眼球觀察蝴蝶的動作。

「牠在做甚麼呢，我的老師？」溫斯敦謙恭有禮地問著。

「牠在撒尿呢。」奧伯良若有所思地道，並未伸手揮開那隻正在溫斯頓眼球上撒尿的曙鳳蝶，溫斯頓也因而能夠清楚地看見蝶尾巴端正以一定的頻率汨出透明液體，那些液體沿著溫斯頓的眼角徐徐流淌下來，形成淚一般的光景。

「好啦、好啦。」奧伯良柔聲地說，替溫斯頓抹去了蝶類的尿液：「接下來得帶你到新的工作地點，我已經替你安排好了。」

溫斯頓點了點頭，他並不認為自己還擁有工作的資格，甚或正常的人生，然而奧伯良就像看穿了他的思想而更加用力地握住他的手臂。

奧伯良帶領溫斯頓來到真理部的小說司，裡頭有許許多多製造小說的機器，許許多多的男女在裡頭維護機器的運作，讓機器操縱另一些被稱為「作家」的人寫作，這是古怪至極的景象，小說機器是一件塗滿了油的黑色機械，把「作家」的頭顱用鐵環箍住，鋼鐵長臂引領作家在稿紙上進行自動書寫，而這些人臉上都顯現出作夢般的神情。

「這麼做是有意義的嗎？」溫斯頓問：「機器還得依附著人去書寫。」

「你錯了，是人依附著機器書寫，這些『作家』都是高級黨員，他們理解單單機器寫出來的東西不會被世人稱為文學，所以他們自願與機器合為一體，儘管他們腦袋裡什麼也沒在想，機器帶他們寫出東西，也因為這是從人的手中寫出來的，才可以被叫做文學。」

溫斯頓被帶到了其中一台空機器上，緩緩移動自己瘦弱的身子，馴良地被安放進去，此時，溫斯頓耳畔盡是機器穩定運轉的隆隆聲響，他第一次感覺生命落在了正確的位置，好比一顆導彈正確地落在他們敵國的陣營，於是他閉上眼，靜靜地睡了。

我寫到這裡，忽然忍不住再度往窗外望去，便看見黑色的鴿子回返，輕輕將頭擱在冷氣機旁的框架上。

此時，講台上的男人彷彿有一瞬間與我視線相同，他望見了那隻鴿子，我以為他也會將鴿子視為導師呢，然而，男人僅僅訴說起關於某種鳥類實驗的寫作材料，鴿子的糞便具有隱球菌，能夠導致可怕的腦部疾病……緊接著，他們又翻開了本週的討論主題：瓦爾特．班雅明的《啟迪》。

那名男人告訴他們，看班雅明是如何寫作一件日常用品，如何讓這些用品散發出靈光，你們也能嗎？試試吧，形容一下公車，記住，造出的句子若不能非常傳神至少用典得大有來歷。

於是有人說公車是城市中一塊空心的冰，有人說公車就是一隻機械怪物，有人說公車是逼迫人們觀看風景的權力中心。

我不知道公車是什麼，只知道我們都在那輛公車上，像傳科擺從A點盪到B點，再從B點盪回來。

透過窗子可以看見荒涼的校園，沒有半個學生，僅有鳥類，有一些我知道名字，有一些我不知道，但我沒有為了寫作查找名字的意思，畢竟這才是事實。譬如一種黑白交雜的鳥，在地面跳得像牠們自己一樣輕盈，飛起來有高有低，卻只在低點時鳴叫。也有一種腹部橘紅的鳥，總是靜靜躲在樹梢。清晨時黑毛黃腳的八哥三兩成群蹲伏路邊。還有鴿子，不是伊莎貝拉我的老師，只是普通會在屋簷上拉屎的白鴿子，牠們不意味任何東西，叫聲是一連串面無表情的嗡嗡細語。而自從學生們不再離開教室，草叢深處疾走的環頸雉大量繁殖，在草地留下密密麻麻的蛋，不再離開教室的學生們偶然被肚內巨大的空虛驚醒，記起他們甚久沒有進食，便從窗外凝視蛋，掩面啜泣。

我得把奧伯良和溫斯頓的故事寫完，我想起鴿子，我們學校有數不清的鳥類，尤以鴿子為多，面前的溫斯頓和奧伯良開始演繹一段愛與黑暗的故事，他們的肢體語言後現代到有如科幻的層次，我看不懂，他們自己也不懂，窗外的黑色鴿子再度飛走。

天空開始下雨。

今天的雨仍然綿密而滂沱，我會待在此處，是因為避雨的緣故，自從我們再也不離開教室，鳥類大量繁殖，各種白色的鴿子更是佔據校園屋頂、窗櫺等處，飛過天空的時候集體拉屎，遠方的行政大樓已被骯髒的白色玷汙。

我無法繼續寫作溫斯頓和奧伯良，他們只是我聊以自慰的他人角色，講台上的男人依舊喋喋不休，我逐漸無法忍受這滯悶的哀傷氛圍。

我離開前，飾演演員的溫斯頓伸手拉住了我的手肘，他的眼神哀求，一枚眼球上停有一隻撒尿的曙鳳蝶，使他潸潸流淚，我猜想，那或許是世界上最後一隻蝶類。

他的老師奧伯良以他冷漠卻無所不知的眼眸凝視我，倘若可以，我也想擁有一個這樣的老師，或者說，我也想擁有一個可以為我所信任並接受傷害的老師啊！

奧伯良靜靜地對我說：別出去。

我明白的，教室外的校園已被鳥類佔領了，還有稍一接觸便會腦部病變成為瘋子的白鴿糞便。但我仍執意，於是溫斯頓鬆開了抓住我的手。

我最終看了一眼教室內的學生們，在房間裡待了如此久，他們眼中漸漸出現了作夢般的呆滯神情，看見了美妙的綺麗幻境——鴿子成片飛過之處，他們在白雨中踏著草地上彼此的影子玩鬧、嬉戲，放眼望去盡是草地裡密密麻麻垂直站立的蛋，蔓延至地平線，他們忙於把蛋踩碎，並在踩碎時感到古怪的樂趣，遠方環頸雉仍不屈地下蛋，他們追著牠們，踩過一顆又一顆蛋……

海灘塗鴉

他的眼睛靜靜地追隨著在雪白牆面上攀爬的螞蟻，這些螞蟻不是向著下方凌亂的桌面行進，反而是往天花板的角落走去，每一隻螞蟻的嘴裡還啣著另一隻死去的螞蟻，白色的牆壁於是漸漸密布了黑色的細點。他低頭在自己散亂著書籍和衛生紙、衣服的桌面細細地凝視並思索了一會，知曉上頭除了沒有任何一點能夠吸引螞蟻的物品，也沒有任何一點能夠吸引他自己的。在那一本又一本隨手擺放的書籍下方壓著一疊稿紙，出於對鍵盤的聲音感到的恐懼，他已經許久沒有使用電腦進行他習慣的書寫行為，同時他也不能看見文字在蒼白如牆面的色塊上慢慢閃現，假如沒有稿紙他是一個字也不能寫的。

在來到這所學校前，他從來沒有接受過任何和文學有關的訓練，同時也從未寫過任何一篇嚴格意義上的作品，但是他得到了入學的許可，而他對於文字既沒有特別的認識也沒有特別的喜好，來到這樣的一間新學校讀文學竟也使他的父母毫無罣礙地接受了，而他打從進入學校以來，就不曾為了畢業的打算真正寫作過一篇作品。他看著擺放在桌面的稿紙和雜物，默默地將其中一張稿紙抽取出來折成了四分之一的大小放入口袋，安靜地走出了房門，他對於這個正在逐漸轉變氣候的城市也正逐漸帶上某種清冷的氛圍，感到一種舒適的戰慄。

直到走出住處時，他都在構思新的作品應該用怎樣的人稱去寫作，但同時他也不是真的在意。到這所學校就讀以前他曾經和過去一位要好的學長談話，那位學長是當時學校電影社裡的社長，他還記得自己和那位學長一起到MTV看電影時他說的話：「像你這樣對文字如此虔誠的人，不應該繼續待在這間學校裡。」

當時他無法反駁這句從根本上而言便錯誤了的話並且對這位從來敬慕的學長產生了憤恨。他和學長一起經營電影社時把每一部電影的字幕看了一遍又一遍，但是對他來說影像才一直都是真正令他有所感觸的，此時學長既沒有告訴他應該要留下來繼續協助電影社的運作，也沒有告訴他文字和文學之間其實存在著本質上的不同，這使得他即便到了現在也無法釋懷。

他拿出了口袋裡的稿紙，對著不遠處一片閃耀著翠綠光澤的草地走去，草地上的草葉沾滿了清晨的露水，每一顆露水裡都有一絲微弱的塵埃，他走近以後才發現草地被點綴了許許多多暗褐色的枯葉，在那些枯葉裡有一隻碩大的藍腹鷴正歪著頭靜靜地看他。

藍腹鷴不知為何夾雜著些許白毛的腹部急速地抽搐，試圖從他的身邊盡可能地遠離，他沒有追逐逃離的藍腹鷴，只是撕碎了稿紙逗引牠吞食。當藍腹鷴咬嚙堅硬的嘴殼，那顫動的模樣使他想起了自己的母親，驟然下降的氣溫使他拉緊了不久前剛從家裡寄上來的立領外套，他看著那隻神似母親的藍腹鷴一口一口吞吃著他空無一物的稿紙，不明所以地體味到淡然的解脫。

他走向自己停在停車棚裡的機車，機車的擋風板已經被昨夜下下來的雨滴給打濕了，他脫下自己的外套將擋風板擦乾，拿出鑰匙發動了機車的引擎。機車慢慢滑出停車棚，在清晨的微霧裡車燈投射出虛幻的黃色光芒並且緩速地飆馳於清晨無人的街衢，冷冽的寒風拍打他不受安全帽保護的頭顱，又彷彿輕輕推動車子讓他往學校外部的方向駛去。由於學校位在相當靠近海岸的地方，他騎了幾分鐘後就到達了最近的海灘。

清晨的海灘上一個人也沒有，他把機車停在附近的行道樹下，脫掉鞋子走上沙灘，海邊的風比學校裡遭建物阻擋的風冷冽許多，他只好又拉起大衣的領子慢步在無人的沙灘，他聽著海浪的聲響同時默數自己心跳的節奏，他的腳掌在海灘上留下深淺不一的痕跡。當他走到潮濕的沙地時海水已經可以沖刷他赤裸的足踝，海水退去時他忽然想到了一段相當有意義的話，於是他摸索著身上試圖找到曾經從住處帶出來的稿紙，但他想起自己唯一的稿紙已經被藍腹鷴尖銳的鳥喙啄食殆盡，他只能夠用腳趾在海水暫退的潮濕沙灘上寫下那一段話，儘管這段話立刻就會被緊隨而來的海水抹去其存有了。

這時他又想起自己早先在牆面上看到的螞蟻，陡然間意識到那些螞蟻是自願默默走出他的稿紙，同時也帶走那些無法移動的友伴。

獨角獸、野狼、獵鹿人

小鎮如昔。

期待它不因時光而改變。麥可的眼睛在車窗上被倒映出來，他的眼睛，和上戰場前肯定不會一樣了。（是吧？麥可在心中問道。然後聽見尼克、史提喃喃同意。）

期待它不因時光而改變，成為另一種永恆，回家，永恆的家。

這個家不必是天堂，沒有哪種天堂可以承受如此多傷痛的，沒有。

或許死的應該要是我。麥可想。這次無人回應。

他敲敲門，希望琳達可以親自開門，手指滑過照片上的她的臉龐和真實撫摸她的臉感覺一定不一樣。

但真的擁抱過她以後，麥可感覺一樣。

他們生長在一個超乎現實的世界，就像尼克說的：瘋了。到越南前的打獵之旅？瘋了。裸身在黑夜裡奔跑？瘋了。但你知道什麼是最瘋的嗎？是這個小鎮，被一種奇怪的工廠設定和男人女人的角色扮演逼得瘋透了。

麥可擁抱琳達，感到紙片般的一樣而且乏味，但這是一個設定：一個瘋掉的世界裡的一個小鎮，那兒的男人總要上戰場工作，幾年下來見識了血腥與兇殘，覺得自己無比骯髒，破碎，無論身心，失去價值以後回到小鎮上，尋找妓女或者昔日的愛人，擁抱她們，被小鎮的不變和庸俗日常溫暖，浸泡其中的女人們往往顯示出一種他們再也找不回的純潔與天真，和軟弱一類的詞彙是綁在一起的，在男人們幼時曾經穿戴過，但現在已經扔棄在世界的另一個角落，所以，這瘋狂的設定讓女人們變成了戰士們回家以後的安慰劑，麥可也切實地感到需要，需要這單純好哭的心靈而他們將分擔相同的悲傷。

第二次見面麥可才和琳達做愛，兩人在床上抱緊彼此，他溫柔地進入，那具軀體，卻像是玷汙了它，彷彿它原本是無傷的，如今卻因為自己而泌出血來。

麥可離開了。

因為即便是在近到不能更近的距離下，他依然感覺疏離。

同時從戰場上帶來的汙穢將更深地感染她。

同時男人們從戰場上帶來的汙穢將更深地感染她。

同時男人們從戰場上帶來的汙穢將更深地感染她們，每一個。

瘋狂的設定，哼？

……

………

誠實地說，長久以來我最害怕的就是小說的開頭。

此時我正坐在宿舍房間裡的電腦前，準備迎接明天的日出，同時新學期即將變得陳舊了，我想起獨角獸曾經在火車上感嘆：這學期過得好快。而我回答：你會覺得快是因為已經過去了。

我和獨角獸都是大一新生，因為嚮往劇本創作來到這間位於中央山脈邊緣的藝術學校。初到學校口試時，我被陰鬱的樹木顏色和清晨必起的霧深深吸引，後來聽學長姐說學生宿舍真的發生過自殺事件，我不禁感覺這是一個為我預備的伏筆，彷彿有我尋求的答案藏在山谷之中，雖然我不知道問題本身是什麼。

得知錄取以後我就從城市搬遷到學校位於山腳的學生宿舍，從此幾乎一個月才搭火車回家一趟，每次都得耗費四、五個鐘頭。而且頻率還逐漸減少，我想是我有心要將自己從動物群裡孤立起來。

其實我知道真正的原因：我就是無法從這個電影場景般的深山裡離開。

後來仔細回想，和獨角獸熟識也是由於我們都期盼在瀰漫晨霧的森林中暢快奔跑罷。

新學期第一堂電影賞析課，我早到了，但有人比我更早，牠，縮在角落用自己的筆記型電腦看一部我也很喜歡的電影：《獵鹿人》，銀色的蹄子懶懶地敲打鍵盤，金色的角在微光中閃閃發亮，我不禁想：啊，好美啊。便從寒冷的室外走入陰暗的室內，默默坐到牠旁邊一起觀看那部電影。這是我和獨角獸的初次相遇。

和獨角獸不同，我是一隻狼，這從課堂上我倆極端不同的反應可以得出結論，獨角獸擅長在眾人面前展現自己，甩動牠彩色的鬃毛、鋒芒璀璨的獨角，牠伸出前蹄指向PPT上的一段文字時稍稍墊起了後蹄，雪白的耳朵因為興奮或緊張紅通通的，但牠嘴裡吐露的還是糖果般的語句，偶爾還有星星和月亮跌落，因為和獨角獸相遇，我發現自己心中也有一隻獨角獸，我多麼希望自己不是一隻狼。

那天我們一起看《獵鹿人》，來到最驚險刺激的一段，就是獵鹿人上戰場前在阿格尼山上最後一次打獵，我和獨角獸理所當然把自己帶入了鹿的角色，近乎驚恐地希望獵鹿人的唯一一發子彈不要擊中，然而這部電影我們都看過不下十次了，我們都知道獵鹿人在這次打獵裡會擊中鹿，以至於鹿的屍體赤裸裸地呈現於畫面時，我忍不住失聲驚呼。獨角獸對我笑了笑，帶著鼻音的異國腔調軟軟地喚我小狼……小狼，反正接下來的劇情太深奧了我們看不懂，直接快轉吧！我說好，的確這部電影只有開頭和結尾我喜歡，中間的故事簡直莫名其妙。我們跳到最後從戰場上回到家鄉的獵鹿人又來阿格尼山打獵，這次他瞄準了鹿，兩方寂靜對峙，後來一聲槍響，獵鹿人失敗了，鹿平靜地看了獵鹿人一眼，輕悄地離開。

我對獨角獸說這是我最喜歡的電影，恐怕也是全世界最棒的電影了，因為鹿在一發子彈的對峙中勝出，成就美妙的Happy Ending，若不是《獵鹿人》，我大概不會來唸藝術學校。獨角獸同意我的說法，並且約我下課後一起吃晚餐。

後來我們經常一起吃晚餐，獨角獸習慣飯後在停車場哈一根菸，看獨角獸抽菸是一件稀奇的事，好像牠能把所有行為在自己身上美化一番，讓吐出的煙如同學校清晨的雨霧，或宇宙中的星塵。

我們在十二月凜冽的北風中瑟瑟發抖，藉著一星半點的火光取暖，獨角獸看著天上的星座開始談起了生命哲理，譬如牠是一隻完完全全的獨角獸這點，牠其實一直沒有辦法接受。我說我可以明白，世界上有某種律法，它被執行的肯定性就像子彈必定會從槍口發射，我們都被嚴實瞄準，並且不確定對方是否遵守約定只開一槍。

獨角獸卻說牠不討厭當獨角獸，只是做為一隻獨角獸，牠戀愛的對象就不能是一隻獨角獸，也許應該要是一隻天馬或普通的馬什麼的……驢子都比較好，否則會有近親繁衍的總總遺傳問題。我趕緊表示我喜歡看獨角獸和獨角獸在一起，因為我也是一隻奇怪的狼，在我們的族群中，狼也不能和狼在一起，這我可以接受，我不想和狼在一起，我喜歡狗，但我不想用狼的身體去喜歡狗，我想用狗的身體去喜歡狗。好慘，我生來就是一隻狼，永遠也不能改變。獨角獸忽然長嘆口氣：真希望有個像阿格尼山的地方可以讓我們自由自在的奔跑。

我回答：沒錯，我也希望。

後來，我們開始交換自己的作品給對方看，我知道牠喜歡《獵鹿人》的故事，同時為了呼應牠「獨角獸和獨角獸戀愛」的言論，我把獵鹿人故事做了一些改寫，重編成獵鹿人互相依偎取慰的短篇小說，我把它叫做〈小鎮如昔〉，從獵鹿人麥可回到家鄉以後開始寫起。

獨角獸看完第一部分時告訴我，牠很訝異我能夠把電影人物寫成一篇新的故事，雖然看到文字版的麥可和琳達做愛讓牠有些傷痛，但轉念一想這就和看探索頻道差不多，甚至還有馬賽克，牠釋懷了，希望我可以快點把第二部分寫完。

我把第二部分寫完：

……

…………

「嘿，麥可。」

「嘿，史提，你看起來不錯……」麥可嚥下那句話的尾巴，他一直控制自己不要往下看，但史提就坐在輪椅上，他沒有雙腿。

這不是他們的第一次會面，那次電話對談以後麥可幾乎天天都來探望他，每一次都說他看起來不錯。

史提用尼克寄來的錢換到了單人的病房，這樣他們就能好好談話，有時候麥可不回家，寧願坐在椅子上趴睡到天亮。

也許這不是一個好主意，麥可知道自己完好的雙腿對史提來說是一種殘缺，但他們是那麼多年的老友了。在戰爭中甚至變成一體的，兄弟……現在「他們」當中還少了一個，這讓小鎮的安適變得難以忍受。

「史提，我知道尼克從哪裡寄來這些錢嗎？」

「是有地址，但每次都在變。」

「我們得找到他。」麥可自語。

「找到他，麥克，求你了。」

記得俄羅斯輪盤嗎？麥可倏地想問他，記得那所代表的意義嗎？倘若非得繼續在日常的庸俗裡活下去，不如當場死在那兒。記得那時候以為逃走就能回家，但真正的家已經沒有了，我們已經離開太遠，再也無法被接納。

夜深的月光慘白明亮，床單是泛白的灰色，史提的皮膚是泛白的灰色，他穿著短褲，瘦削的臉龐嵌入一對睜大的眼睛，泛白的灰色。

麥可低下頭撫摸他，嗅聞他的頭髮，他的短褲中央漸漸地隆起了，這不是什麼新鮮事，許多次大難不死他們都會被腎上腺素攪得激動不安，他們需要給彼此一次迅速短卻的手淫，把恐懼排泄掉。

史提在床上瞠目掙扎著，殘肢隨著麥可的手部動作來回擺晃，最後無用地抽搐顫抖，斷肢的切面踢向麥可掌心，那似乎令他感到有些不堪忍受的痛，雖然他使用的力道如此之輕。

「噓……」麥可吻吻他的額頭：「我會找到他的。」哄著他，將他帶向高潮。

史提眨著眼，他的頭髮汗濕並且散發奇異的光芒，麥可再度噓聲安慰他，輕手輕腳爬到床上去，像抱住琳達一樣抱住他。麥可驚訝地發現這種擁抱比之前的任何擁抱都更真實，擁抱史提就像擁抱戰爭中的屍體，他一下子聞到了血腥味與火藥、煙硝，還有水牢裡濕潤的腐臭，他們輪流拿過手槍，檢查彈巢，塞入兩顆子彈，朝太陽穴開槍。

「噓，」麥可吞嚥著，小心翼翼地：「噓，我想……」

他們從沒這樣做過，然而麥可知道這就是他們雙方都需要的，也是他在那些被留下來的純真、女性、小鎮……永恆不變的「家」中絕對得不到的。他的朋友，史提，如今是他的兄弟，他身上的一塊肉，現在順服地張開殘肢，迎進了麥可沾滿精液的手指，他們緩慢地做愛，幾近無欲，摩擦卻舒服，一直到麥可勃起的陰莖終於再度軟下來，他沒有射精，只是軟下來，他們維持相連的姿勢抱緊彼此。

「去找他，麥可。」

這麼多日子，夢已經是再也不必期待的東西，當史提睡意朦朧，滿是鼻音地催促，麥可還是無法克制期待。

「我會的。」

……

…………

學期中的時候，獨角獸把牠住處的鑰匙給我。

牠養了兩隻貓，怕獨居的自己有一天出門時橫死街頭，需要足以信賴的對象破門而入拯救貓咪。

我收下牠的鑰匙，問牠你就這麼把鑰匙給我好嗎？如果我是壞人怎麼辦？獨角獸說可是你不是啊，這學期我該看的人都看過了，你不是那種人，還有，你的改編作品寫完最後一部分了嗎？我不知道該怎麼回應，雖然獨角獸總是說牠喜歡我寫的東西，但那些文章只是側寫其他電影或漫畫裡的人物，沒一個角色真正屬於我，反觀獨角獸，牠的文字作品或許不算很多，但我第一天遇到牠就被牠美麗的模樣吸引，還有牠說話的腔調，就像牠是天堂來的外國人。

我終於問牠你有沒有聽過我講其他的故事？沒有？那我這次不講和電影有關的好嗎？

結果我用嘴吻寫的是一篇發生在火車上的小說。

「我每個月都會搭火車返家，這你是知道的，大概在上星期吧，我準備回學校時在車上遇到一位老貓頭鷹太太，幾乎掉光了牙齒，說話模糊不清，聽起來依稀是閩南話，我跟她說國語她都聽不懂，可是我閩南語也很爛，她又一直要跟我說話，幸好，後來我還是聽懂她說『吉野』兩個字，那是一個舊車站的名字，我就告訴她，吉野車站現在已經沒有了，只有『吉安』車站，她用氣音說『吉野』的時候，活脫脫就像從日治時代走出來的。她堅持說自己要去吉野，眼看即將到站，我實在很擔心她會坐過頭，就拉她起來用國語跟她說我有機車，也有兩頂安全帽可以載她到吉安，我猜她應該就是要去吉安吧，她看著我不斷鞠躬微笑，像個上緊了發條作用於此的玩具，我覺得她八成不知道我在說什麼，可是我還是成功把她勸下火車，帶到停車場給她安全帽。我們坐的是第一班火車，到的時候天空剛濛濛亮，用力深呼吸還會被一種只屬於清晨的乾燥空氣擰緊肺泡，像是帶刺的，我載著她飛馳在產業道路上，很冷，我感覺她開始發抖，第一次停下來問她要不要穿我的外套，可是她聽不懂，只一個勁地搖頭，我又載她奮力騎了幾公里，彼時東海岸已經承滿了金黃，也溫暖多了，但她還在發抖，而且發出意義不明的尖叫，我第二次停下來，發現老貓頭鷹太太非常害怕，在這陌生而美麗的無人道路上倚著我的車像隻幼雛般痛哭，我不知道她為什麼哭，但我耐心地告訴她就快到了，再忍一下，然後不要亂動也不要再叫了。我第三次發動機車，她啜泣地上了車，我們行駛過燦亮的白線滑進山區的村鎮，我知道吉安就在那裏，這時，老貓頭鷹太太又開始掙扎起來，我們於是停了下來，她伸出顫抖無力的手試圖毆打我，我告訴她不要這樣，也不知道她為什麼這樣，當她的情緒再度平穩下來時我們最後一次上路，這是最後一次了，因為她又尖叫起來的時候我把車停下來，覺得她應該是希望我這麼做的，雖然我聽不懂她的話，但我把她弄死了，扔在清晨無人的平交道上。」

獨角獸聽完了我的故事以後，很疑惑地問為什麼故事中的「我」要把老貓頭鷹太太殺死。我說我也不曉得，大概就像契訶夫的《海鷗》，我只是偶然經過，因為沒什麼事可做，就把她給殺掉了。

這說不通。獨角獸反覆咀嚼，表示自己還是比較喜歡我側寫電影或漫畫人物的故事。

過了幾天，學校開始放連假，獨角獸也離開山林到都市去，留下我一個人，我一直渴望偷偷到獨角獸的住處看看，沒有什麼原因，只是想進到牠的房間裡感受一下獨角獸存在的氣氛，我猶豫了兩天，連假都快結束了，忽然接到獨角獸的電話說想請我幫忙到牠家看看貓咪，檢查牠們是否還有足夠的飼料和飲水，我立刻答應，而且掛了電話就去。起初我找不到獨角獸的門牌，只好拿鑰匙一扇門一扇門嘗試，覺得自己就像隻準備幹壞事的獾，不過剛好有合適的藉口罷了。最後我終於找到匹配的鎖孔，打開了獨角獸的門，我看見牠的兩隻貓戒慎警覺地在高處凝望我，而我不知為何失卻了所有力氣，疲憊地攤坐在獨角獸家的地板上。

我感到非常滿足，彷彿自己就徘徊在獨角獸的靈魂深處，我終於可以告訴牠我的心裡沒有狗，我也不想成為一隻狗，我是一隻狼，卻不想成為狼，我瘋狂迷戀《獵鹿人》的故事，因為我可以幻想自己是獵鹿人，以筆直的槍管瞄準獨角獸或者其他任何我感興趣的動物，我想像自己就蜷伏在壕溝裡，外面的其他世界沒有意義，我聽見獵鹿人們越過我，奔向遠方我不能理解的東西，那東西的顏色有些是我的眼睛所不得見；那東西始終不會遠去，而且舉目皆是，而且假如我也奔向那東西，我便得到了開槍的合理權力。

星期一是連假的最後一天，我坐火車到北部市區找資料，趕搭星期二第一班的火車回學校，途中遇見同樣也要回學校宿舍的獨角獸。我們坐在一起談論即將到來的長假，還有四年級的專題研究，我們誰都沒有提到創作還是物種的問題。我對牠說我把機車停在吉安車站，問要不要搭便車，我剛好有兩頂安全帽，牠說好。跟著我下車到停車場，我載著牠，在寒風颯颯的清晨裡馳過筆直的產業道路，樹一排排數過，似乎因為晨霧的關係葉子才真正變成了綠色。很冷，獨角獸開始顫抖，我問牠需不需要我的外套，牠說不用，海灣像一個下沉的人呼出白色的氣泡，水面有光擲入雲層。溫暖多了，我在路邊停下，問獨角獸要不要抽菸，牠皺著眉，默不作聲抽完一根菸，我又載牠騎了一會，本來沒打算要停下來，但我們經過通往吉安的平交道時獨角獸發出了尖叫，我停下車，問牠為什麼要叫，獨角獸彷彿根本沒料到我會停車，牠靜靜地看我，在清晨無人的路上靜靜地看我。

一根新的菸在牠前蹄即將燃盡，使我想起牠在火車上說這個學期即將燃盡，我的故事也即將燃盡。

沉默燃盡了。

我終於從悲傷的結局甦醒過來，平交道鐵路的枕木上，有一隻鳥類，死在那裏。

「如果我可以活得像你那樣，我才不想寫任何東西。」我說。

獨角獸笑了，菸灰抖落在牠蹄尖，雪白的體毛被煙色燻黃，大概是牠全身上下唯一不完美的地方。

我載牠回學校，並且把獵鹿人文章的最後一段拿給牠看。

……

…………

於是做了一個夢，他們三人在阿格尼山上追逐野鹿。

「只有一發？」尼克低笑地問。肩膀與另外兩人緊靠一起。

「對，只有一發。」麥可輕聲說。而史提為之屏息。

他朝一處形狀詭譎的樹影開槍，他確信已瞄準了那隻鹿。

在山的山的山深處，獨角獸和野狼遍野奔跑。

他們不會知道。

【附錄】更能深入人群的寫作方式

——第二十七屆「聯合文學小說新人獎」得主專訪

Q〈山鬼〉是一個在台東的故事，並以原住民為題材。如此選擇的原因是否與妳成長於台東的生活經歷有關？

A從一開始主角在多良車站下車就暗示了地點，也為整篇作品定調。至於會寫作這篇文章，的確和我的生活經驗有關，我在太麻里長大，親戚大多從事農業種植，小學時代最要好的朋友也都是原住民，不過以原住民為題材這點，我自己不是很確定，文中主角的母親是原住民，但我相信沒人可以說出她是哪一族的原住民，我自己也沒有作設定，我想作出一種原型，是可以含括所有原住民特徵的原住民角色，這是我自己創造的族群，是一群生長在霧中的奇異人們。

Q故事中的貪婪似乎有兩個層次：人性的貪婪與社經結構促成的貪婪。對妳而言，這兩種貪婪之間是否存在任何辯證關係？

A「貪婪」這個詞彙將很多東西縮小了，與其說是貪婪，我覺得應該是人類在無可奈何下做出的總總反射行為，貪婪是想取得自身擁有以外的東西，但無論是吸毒的山老鼠還是文中父子，他們想要的只是保有目前的生存方式，其背後遭受一股莫之能禦的力量驅使，做出各種合乎或者不合乎道德的事情，而那股力量無法被看見，是從歷史中層層堆疊過來的，這種東西如此巨大，不能單以貪婪命名。

Q女性於故事中的地位似乎主要與土地(自然)相連，男性則傾向不停毀滅自然。這是否基於某種現實觀察所造就的刻意安排？

A我一開始大概不是這樣想……應該只是很單純將女性柔性的神秘與自然連結，我自己作為讀者會很喜歡這樣的女神形象，不過回到現實層面，就我在家鄉的觀察，確實是女性務農、採集的部分較多；從長輩聽來的故事，那些開挖土機填出一塊私有地的也是男性。這和台灣歷史文化有很大關聯，我只是照著寫出來，沒有刻意安排。值得一提的是：文中主角的祖先來到東部山區以後選擇和一位挖土機所有者的女兒結婚，這部份就完全是刻意。

Q原住民生活文化受平地入侵似乎為此故事的母題之一，然而，結尾是否代表妳對此現

象的進展抱持悲觀心態？

A我沒有想過自己寫到這個母題，其實不管是原住民或平地人都一樣，我想表達的是樹林被「人類」破壞、侵占，於是樹林本身誕生了新的「原住民族」，可能是睡在牛樟樹穴裡的女人，也可能是在霧中世代務農的男子。原住民文化從很早以前就被入侵，當第一批開墾者進入台灣，就已經被入侵了，但「入侵」這個詞彙不留餘地將他們擺在被迫害的位置，我認為這個切入角並不正確，從現時代來看，原住民文化勢必會和平地人有所接觸與融合，而這種與時俱進的結合是雙向的，不是單方面侵略。

Q對妳而言，小說是什麼？

A我一直寫來寫去，已經不知道小說是甚麼，我比較喜歡說那是「故事」而非「小說」，小說好像總會有一個特定的形體，但如果我是在寫故事，我就不用管什麼形體。不過單從文類來看，我會覺得小說是一種比其他文類更能深入人群的寫作方式，它具有某種通俗性，我也希望自己將來能夠寫得更通俗、更有趣，不要再弄一堆霧出來，還有很多別人看不懂的夢境段落。

原文刊載於《聯合文學雜誌》第349期（2013.11）

國家圖書館出版品預行編目資料

怪物之鄉 / 邱常婷著. -- 初版. -- 臺北市：聯合文學,
2016.06
272 面； 公分. --（聯合文叢；603）

ISBN 978-986-323-164-6（平裝）

857.63 105004685

聯合文叢 603

怪物之鄉

作　　者／邱常婷
發 行 人／張寶琴

總 編 輯／李進文
責任編輯／黃榮慶
封面設計／朱　疋
資深美編／戴榮芝
業務部總經理／李文吉
行銷企畫／李嘉嘉
財 務 部／趙玉瑩　韋秀英
人事行政組／李懷瑩
版權管理／黃榮慶

法律顧問／理律法律事務所
陳長文律師、蔣大中律師

出 版 者／聯合文學出版社股份有限公司
地　　址／(110)臺北市基隆路一段 178 號 10 樓
電　　話／(02)27666759 轉 5107
傳　　真／(02)27567914
郵撥帳號／ 17623526 聯合文學出版社股份有限公司
登 記 證／行政院新聞局局版臺業字第 6109 號
網　　址／http://unitas.udngroup.com.tw
E-mail:unitas@udngroup.com.tw

印 刷 廠／鴻霖印刷傳媒股份有限公司
總 經 銷／聯合發行股份有限公司
地　　址／(231)新北市新店區寶橋路235巷 6 弄 6 號 2 樓
電　　話／(02)29178022

出版日期／ 2016 年 6 月 初版
定　　價／ 300 元

本書獲文化部藝術新秀首次創作發表補助 文化部

ISBN 978-986-323-164-6（平裝）